忘れられた部屋

花島真樹子

鳥影社

花島真樹子小説集

忘れられた部屋

目次

赤いドレスの女

あと一週間か、もって十日でしょう。担当医の言葉に、容子は黙ってうなずいた。いよいよと思ったが意外に悲壮感はない。

雑然とした医局のなか、医師や看護師の何人かが、それとなく容子の様子に注意を向けているのがわかる。担当医の最後通告に涙する家族を予想しているのかもしれない。そういう日常のなかにこの人たちは居るのだ。医局のなかを通り抜けながら、容子はふと立ち止まりそうになる。自分は果たして夫が死ぬことを悲しんでいるのだろうか、一瞬、そんな思いが胸の片隅に点のように浮かんでは消えるのを感じた。

あの日から、容子の生活はまるで変わった。

いつも見えていた窓の向こうが、いきなりふさがれたように、日常が別世界の様相を呈しはじめたのである。日々のささやかな楽しみが消えた。草花の手入れ、廊下の隅々までみがくワックスがけ、上天気の布団干し、そんな当たり前な日々が突然、色を失ってしまったのである。

それは突然の災害にひとしかった。夫の修は健康そのもので、風邪すら、めったに引いたこともない。それにまだ四十三歳。夫の病状を知った夜、容子は布団をかぶって叫んだ、どうしてよ、なんでなの！　悲しみというより、わが身の不運への怒りであったのかもしれない。そうではあるものの、日々の容子は平静に見えた。支えを失った樹が懸命にふんばっているように、つまりはよそおいはじめたのである。そうする以外に、精神のバランスをどうやって取ればよいというのだろう。

夫の修が急性骨髄性白血病と判明したのは三か月前である。疲れる、なにしろ四十の坂を越えたのだからな、病気の前兆はそんなことからはじまった。坂道がきつい、門から玄関への階段をのぼるのがやっとという事態になって、医者に行く気になり、診察を受けた途端、極度の貧血が判明し、即刻入院となった。

検査の結果は最悪だった。

白血病といっても種類は多いらしく、特に修の場合は、今の医学のあらゆる手段を考慮してもう手が無いほどの悪性ということである。骨髄の造血組織がほぼ不能状態で、白血球、赤血球、血小板、つまり血液のほぼすべてが日々病気に食いつぶされているという状態らしい。輸血は欠かせなかった。けれどそれも気休めである。穴のあいた入れ物に血液を注ぐのと同じなのだ。

その日が必ずくるとわかっていたが、担当医の通告には、やはり気持ちが大きく揺れた。心のやり場がないまま、容子は重症患者の個室が並ぶ廊下を歩いた。風が窓外の木々を大きくたわませているのを目にしながら、今まで、何十回、何百回と、もらしたため息を繰り返す。どうしたらいいのだろう。覚悟か、とも思う。覚悟ってなんだろう。つまり、夫なしでこれからの人生を自力でやっていくこと？　そんなのわかっている。わかっているけれど、この三月の間、なにも考えられなかった。ただわが身の心細さにふるえていた。夫がいなくても人生が続いていく、そのことが信じられないのだから覚悟など出来るわけない。

しっかりしてね、貴女なら乗り切れる、と友人、知人の声かけ、励ましにも、一段と気持ちが落ち込む。このひとたちは何もわかってはいない、当然のことだけれど。と、ことさら孤独感に打ちのめされる。

十一月も終わりに近かった。

病室にもどると、夫はベッドに半身を起こし、手帳にメモを取っている。衰弱した顔が、いつになく元気そうだ。夫は入院以来、日々のちょっとしたことまで、こまめに書き留めている。けれど最近は、治療薬や、点滴の内容、医師との会話などが主になり、以前のように、誰それが面会、相変わらず理屈っぽいやつだ、とか、事務所のA君、某氏の土地売買の件、など、外部とつながる用件が極端に減った。というより関心がなくなったのであろう。

時々、手帳が開いたままになっているから、つい目に入ってしまうし、何を書いているかにも関心があった。

夫は病室に入ってきた容子を見ると、どうだった？　というふうに顔を向ける。容子が医者に呼ばれたのを知っているからである。

「熱が上がってきているのはね、肺炎を起こしかけているそうよ、免疫力も落ちているから、面会人は極力避けてくださいい、と言われたわ」

容子は医者が告げた終わりの言葉だけを夫に言った。

そうか、というふうに夫はうなずき返しながら、医者がそれだけのことで、妻を呼んだとは決して思っていないであろうことを感じとる。本人の前で言ってもさしつかえないことである。日々の、そんなかくしごと、「今度、家にもどったら、貴方の部屋に介護用ベッド入れるわ」「それはありがたい」等、退院など出来るはずもないのに、先行きのある会話をずいぶん繰り返した。みんな自分のせいだと、容子は思う。夫が自分の病状をどう思っているかはいまだにわからない。日々、衰弱しつつあることは、口にこそ出さないがわかっているにちがいない。

検査の結果が判明し、病状のすべてをご主人に告知しますか、と、医者に言われた時、容子は返事が出来なかった。とっさに彼女の混乱した頭をよぎったのは、夫のことではなく、わが身の大事さの方であったといっていい。


夫に本当のことを告げる、あなたはまもなく死ぬ、といっていたら、どうなったであろう。彼がどのようなショックを受けるかはわからない。でも、容子は自分がどうなるかはわかる気がする。事実を明るみにすることによって傷つき、へたり込むのは自分の方にちがいない。これからの何か月を、夫とどう接すればいいのか不安そのもの、死にゆく夫の心をどう支えていいのか、考えるほどに、自分の無力さに打ちのめされる。

そんな立場に自分を追い込みたくはなかった。断じて、と、容子は唇をきつく嚙みしめる。ふりをしなくてはいけない、もちろん、空元気であるにしても。へたりこんで、立ちあがれないほど落ち込んで、他から同情や、憐れみの言葉を受けるなんてまっぴらだった。憐れみに値する女であるにしてもだ。

夫を支える勇気がないのなら、心に鉄壁のふたをしなければならない。だから、夫に本当のことを告げない。夫の気持ちを想像しない。あえて目をつぶっている、つぶるしかないのだ。それが身勝手な、いっときだけの平穏であるのはわかっているにしても、と容子はその時、暗黙の了解をわが身とつけたのである。

血液の癌は他の臓器と違って手術は不可能です、ご主人の場合、骨髄移植もまず無理と思いますし、ほぼ九割、回復はないと思ってください、等々、病状をくわしく聞くほどに容子の決意は増したのである。

思えば不遜なことだった。死という厳然たる事実を、いっときの感情で、あれこれ本人以外の人間が判断すべき問題ではない。どううろたえ、どう辛くあろうが、絶望しようが、当事者が受け止めるべきことなのだと、今、理屈ではわかる。わかったところで、真摯に夫に告げる勇気などないのだと容子は思う。

再生不良性貧血。結局、妻が逡巡していると思ったのか、あるいは、医者側の治療上のやりやすさを優先したかったのか、そういう病名が夫に告げられたのである。難しい病状だが回復の可能性はある、と。

「誰かから電話あったの？」

ベッド脇のテーブルに置いてある携帯電話の位置がずれているのを目にして、容子は聞いた。

「いや、誰もかけてくるわけないだろう」

「それもそうね」

確かに、夫の容態を知っている人間なら、まずかけてこないだろう。

けれど、思いのほかはっきり否定する夫の口調から、容子はかえってうそを察知する。そう、夫の方からかけたのかもしれない。

京子？　あるいは兄の亨へだろうか、この二人以外、電話する相手は多分いない、と夫の横顔を眺めながら思う。夫はこの期に及んでもなお、兄の亨のことが気がかりなのだろう。それは、負債をかかえ、追い詰められている亨へ、日々心を痛めている母親、その母親への切なる思いのためなのだ。何年も前から、なんとかしてやってくれ、頼むから、という母親の願いにいつも負けて、夫は次から次へと、事業を興しては倒産する兄の負債の肩代わりをし続けてきたのである。この問題で容子は夫とどれほど言い争ったことであろう。それが端で、夫婦の間には越えられない溝が出来たのは事実である。

そんなさなか、夫が病気に倒れ、いくらなんでもこの問題は自然消滅、けりがつくだろう、と容子はその点だけは安堵したのである。しかし、兄の亨は、容子のいない時に何度か病院にやってきている。血液型が同じなので、輸血を、という口実であったが、その時、兄弟の間で何が話されたか、容子には知るよしもなかったけれど、察しはついた。兄が来た日の夫は、後ろめたさをつくろうためか、妙に機嫌がいい。

「一時間以上もかけて三〇〇ccの血をくれるため、やってきたんだ、見舞品のぶどう持たせたよ」とか「さっき窓の向こうに赤とんぼの群れが飛んでいるのを見た、いつのまにか秋なんだね」そんなことを言ったりもした。きっと銀行の担当者に電話して、融資の算段がついたのであろう。銀行が夫の病気の重大さをまだ知らない頃であった。彼の胸のなかには、こんな時でも母親の顔がはりついて離れないのだ。

母親を早くに失った容子には家族の濃密な感情はわからない。とはいうものの、普段は何事にも冷静な判断をする夫が、こと母親の切々たる頼みに、自制心を失ったとしか思えない金額を、銀行から借りてまで融通するなんてことは、到底理解不能であった。

それにしても亨の負債問題を夫がかかえはじめてしばらく経った頃からだろうか、夫の身辺に京子の気配を感じはじめたのは、と容子は思う。そう、彼女も自分たち夫婦の間に、長い間、たちはだかり続けている存在なのだ。

疲れた様子で、手帳をテーブルに置き、目を閉じた夫を眺めながら、今、彼にとって気持ちの支えは、妻の自分でも、娘たちでもないのかもしれない。病人の彼にとって自分は現実的で、実用としての必要な存在なのは確かだ。けれど、ただそれだけなのだろうか。容子は胸の奥を手さぐってみる。自分は京子のように、魅力的な声で、遠くから手を差し伸べる存在ではない。しかも、夫が知るべき本当の病名を医者と結託するかたちで告げることもしなかった。

容子は、たった今、夫が誰かと言葉を交わしたであろう携帯電話を、冷ややかに眺める。だが、容子は携帯電話には触れない。人と人の息の通い合った電話は、妻とはいえ、侵してはいけないものであると感じている。

修と京子とは学生時代からの知り合いである。放送研究会の仲間で、修は脚本と演出、京子は声優志望だった。といっても、京子はそれほど熱心ではなかったという。彼女は何事につけてもあまり情熱はない、どことなく醒めていて、いつものうげであった。けれど、あのハスキーなメゾソプラノがとてもよかったよ、美人じゃないが、独特の哀愁をただよわせていてね、はかなげでいながら、芯が強い、男子学生のほとんどが憧れたんだ、彼女との出会いはおれにとって運命というか、運の尽きだ、と修は結婚前に容子に打ち明けたのである。なんてぬけぬけきざなことを、と容子はその時思った。

「で、彼女との関係は?」

「つかず離れずさ」

「今は?」

「彼女は一年前に結婚した、つまり、おれはふられた」

「だから、私と結婚することにした」

「誤解しないでくれ、彼女は家庭におさまる女じゃない、いくらおれが望んだとしても、所詮、うまくいかないのは、お互いわかっていた」

「でも彼女は結婚したのでしょ」

「売れっ子のデザイナーとね。彼女が家事一切しない、子供はつくらない、と宣言しても動じず、おまけに彼女が金をいくら浪費してもありあまるほどの金持ちさ。銀座のど真ん中に車止めて、好きなら今ここでキスして、と彼女がせがんでも、平然とやってのける度胸の持ち主だ」

それを聞いた時、容子は何故か京子という女性に憧れめいた関心を抱いたのである。そして、修がいまだに京子に惹かれているのを感じとった。

けれど、容子には家を出たい理由があったのである。修と京子の関係にこだわりをもちつつも、もう終わったことなのだから、と、無理に思い込み、修が自分を望むのなら結婚してもいいと思った。三人とも同じ大学の演劇学科であったが、容子は修と京子より二年後輩、容子は舞台女優志望で、部活も違い、修にも京子にも面識はなかった。修とは学食で、何回かテーブルが一緒になり、それがきっかけで言葉を交わすようになった。さらに家が偶然、修とおなじ東京郊外の町であったりして、付き合いがはじまったのである。容子の方が積極的であったが、修を本当に好きかどうかわからなくなる時があった。それでもよかった。

容子の母親は彼女が十二歳の時に病死。父親はすぐに再婚をして三年で離婚、そしてまた再婚話がすすんでいる。父親の再婚に違和感をもったが、容子は賛成も反対もしなかった。声に出してなにも言わなかった。そういうものなんだろう、と諦めに近い思いがあったが、ある日、いきなり他人の女性が家に入ってきて、ひどく愛想のよい笑顔で、「本当のお母さんと思ってね」と言われてびっくりした。この人から生まれたわけでもないのに、そんなこと誰だってわかるのにとまじまじとその人の顔を見つめたものだ。

今回は、二十代半ばの娘に、いくらなんでも、そんなこと言う女なんていないだろうけれど、ともかく自分が家にいないに越したことはないと痛切に思うのだった。希望の劇団入団も思うにまかせず、就職先もなく、あっても、自立できるほどの収入はもらえない。そういう心のうちを修に打ち明けたことはないが、彼は察していたかもしれない。ともかく、結婚したいと言いだしたのは容子の方であった。

修と容子が結婚した五年後、京子は離婚した。

「京ちゃんのダンナは彼女を甘くみていたんだろう、世の中にはこういう女もいるってこと認識すべきなんだよ」

わかったふうに言う修に、容子はなにか今までにない危険を感じ取った。妻としての勘かもしれない。つまり、今は付き合いもないのに、夫は京子の消息をどうして知っているのだろう。風のたよりなんて信じなかった。多分、夫の事務所に彼女から連絡があったということなのだ。そ

して、夫の方も応ずるかたちになり、付き合いが再開したのかもしれない。そのことを容子が思い切って尋ねると、

「そうなんだ、いろいろダンナとごたごたして、京ちゃんすっかりまいっているらしく二度ほど事務所にやってきた」

夫はあっさりと言うのであった。

夫の実家はこの界隈の旧家であった。戦後の農地解放で田畑の大半を失ったが、山林や家作など、多少の資産は残ったのである。夫の兄の亨は学生時代から、もう一度家を守り立てようと、商売に手を染め始めたという。最初はチョコレートにくるんだクッキーというアイデア商品だったらしいが、まだ戦後を引きずっている郊外の農村地帯には受け入れられず、全然売れなかった。最初のつまずきが焦りになり、倉庫業、やがて土建業にまで手を伸ばし、そのことごとくが失敗で、その都度、膨大な借金が実家に回ってくる。たまりかねた父親は亨を準禁治産者にし、勘当したのである。

けれど、息子がどんなに厄介な存在でも、母親は見捨てなかった。

一方、修の方は、もともと脚本家志望で、駅前の実家の土地を借り受けて、不動産屋を営むかたわら、仕事の大半は二人の事務員にまかせ、自分は事務所の奥の机で脚本を書いたりしている。経営者がそんなふうでも、地元の人間というだけで信用があり、修自身、およそ不動産屋らしからぬ生真面目さも手伝って、商売はそこそこ成り立っていたのである。

夫がまだ入院したばかりの頃、京子は見舞いに訪れてくれた。

「修ちゃんがこんな病気に取りつかれるなんて、本当に残念」

と言い、綺麗な小箱に入った三粒のゴディバのチョコレートのひと粒を、夫の口に含ませ、

「貴女も大変よね、身体お大事にね」

と、もうひと粒を容子にさし出し、残りを自分の口にほおりこむ。

そして、

「ほら、この蘭、むかし修ちゃんと、蘭展見にいった時、気に入った花、偶然、花屋でみつけたのよ」

白地に淡いピンクのまじったカトレアに似た一輪をコップにさし、修のベッド脇に置くのであった。京子は誰に気を遣うでもなく、かといってわざとらしくもなく、ごく当たり前のこととしてふるまっている。夫への遠慮のない様子にも、微妙に計算が感じられ、容子は驚くよりもむしろ感嘆した。

学生時代、付き合いがなかった京子とは、この時が容子にとって初対面といってよかった。

案じていたとおり、翌日から夫は、肺炎の症状が出始め、三十八度を超す高熱がつづいた。小学生の二人の娘を朝、学校に送りだし、その他、最低限の雑用をこなすためにも、容子は、介護のための家政婦を日中、夫につけた。そして、夕食に間に合うように、病院にもどると、朝まで

病室に詰めるのだった。そして、いっとき、家にもどり、必要最低限の用事をこなしてくる。そんなあわただしい日が五日ほどつづいた朝、夫の熱が平熱にもどったのである。

しかし、診察した医者は難しい顔で、

「もう熱を上げる体力もなくなりつつあるのですよ」

と言うのであった。

すでに食事を取る気力もない夫の身体は、点滴の針を刺す場所もないくらい傷だらけで、針のあとには血が大量ににじみ出ている。

「まだ治療を続けるのですか」

あまりの痛々しさに、容子は思わず聞いた。

「年齢の若い患者さんですからね、少しでも長く生きていて欲しいです」

医者の言葉に、苦痛を延ばしてでもですか、という思いを飲み込んだ。

娘たちを呼ぼうかと思った。土曜日で家にいるはずだった。けれど、と容子は躊躇する。こんなにも病み衰えた父親の姿を娘たちに見せていいものだろうか。夫には話す力もないだろう。まだ夫がこれほどでもなかった頃、学校から帰るとすぐに娘たちは病室を訪れ、ベッド脇で一緒にお菓子を食べたり、たわいないおしゃべりに興じたりしていた。

十一歳と九歳の二人の娘には、父親の病状の事実を話してある。

「そう」その時、二人は小さく答え、しばらく無言だったが、やがて下の娘が、ふと思いだしたようにテレビの前に座ると、姉の方も一緒にお気に入りのアニメを見始めるのであった。二人が父親の死について、どう感じているのか、まるでわからなかった。

午後になると、連絡した舅と夫の弟と妹がやってきた。姑の方は、とても会えない、と言い、仏壇の前から動かないという。会えない、と言った姑に、きっと夫も会いたくないだろうと容子は思う。ひとつの根っこから生えた血縁の、ねばりつくような怨念めいた愛情、そういうものにがんじがらめになった夫は、自分への、そして反面、母親への愛憎まじりあった思いだってあるかもしれない、と容子は想像する。

三人は病室に夫を見舞った後、弟と妹は廊下の片隅で話し合っている。小声だが見送りに出できた容子の耳に、

「そうなの、私も仕事忙しい時期なのよ」

と妹が弟に言うのが聞こえ、二人が夫の葬式の時期を気にしているのが察しられた。舅の方は穏やかな口調で、

「なにかあったら、夜中でもいい、連絡しなさいよ」と言う。

いずれにしても、家族にとって、夫はすでに生きている人間として扱われていない。

そうであるにしても、容子は突き放された気がした。

その夜から、容子は昼夜を問わず、病室に詰めることになった。医者の指示でもあった。

「ちゃんと起きて、自分たちで朝ごはん食べられるわね」

容子が家に電話すると、上の娘は、

「今から、A子も連れて病院に行く」と、いきなり言うのだった。

「そう、わかった、待っているわ」

答えながら容子は、娘たちが父親の病気を深刻に受け止めていないように見えながら、想像以上に心を痛めているのではないかと感じる。

家から病院まで歩いて十五分ほどの距離である。

やがて、病室のドアを小さくノックする音がして、娘たちが入ってきた。二人は気圧されたように、そっとベッドの方に目をやり、長女が「これ」と言って柿の入った包みを容子に手渡す。

今朝がた「家の柿が食べたい」独り言のように言う夫の声を思いだし、娘たちに庭の柿をもいできてもらったのである。

「眠っているの？」

ベッドに近づき、長女が容子を見上げて聞く。

「多分ね、声をかけてみる？」

点滴や酸素マスク等の器具につながれて、目を閉じたままの父親を、二人はじっと見つめていたが、

「ううん、いい」と下の娘が言った。

二人はしばらくの間、部屋の片隅に黙って立っていたが、

「暗くならないうちに帰った方がいいわ、また電話するから」

容子が声をかけると「うん」と言い、二人は手をつないで、出ていくのだった。その後ろ姿を眺めながら、容子は不意に涙が出そうになる。


昼間から吹いていた北風が夜になって激しさを増した。

消灯を終えた病院内は静まりかえっていて、窓外の送電線が、時折の強風にうなり声をあげる。カーテンの隙間から見える夜空に星はなかった。

先刻、看護師が点滴液を交換する気配に、夫はふっと目を開け「ご苦労さま」と声をかけた。

枕元のテーブルには、うすく切った柿が小皿に載っている。さっき容子が「庭の柿よ」と口元まで柿をもっていったのだが、わずかになめて「うまい」と言っただけであった。

予備の簡易ベッドを拡げ、容子は身体を横たえる。身体を動かすのもおっくうなくらいの疲れを感じたが、頭だけは冴えている。夫の呼吸は静かで安定しているようだった。点滴液も充分に残っている。少し眠ろうかと思ったが、眠れそうもない。吹き抜けていく窓外の、時折、悲鳴のように聞こえる風の音にしばらく耳をすませているうちに、いつのまにか眠ってしまったのかもしれない。

なにかの物音と、ひやりとした空気を感じて目が覚めた。あわてて半身を起こすと、病室のドアが開いている。開いたドアの真ん中に真っ赤な影が、きらきらとひかって立ちはだかっていた。ぼんやりした容子の頭に衝撃が走る。しかし覚めやらぬ頭で状況が把握できず、赤い影を呆然とながめているばかりだった。

「修ちゃん」

突然、赤い影が小走りにベッドに近づく。赤いドレスを身にまとい、スパンコールをきらめかせた女であった。

まさか、京子さん！　容子は半身を起こしたまま、あまりの意外さに身動きも出来ない。

「ああ、間に合った、今夜、パーティでF君に聞いたのよ。修ちゃんの容態がよくないって」

京子はベッドの夫に顔を寄せる。

「こんなにやつれちゃって可哀想、死にたくないよね、修ちゃん」

その時、布団にうずもれるように寝ていた夫が身動きをした。

「ああ、京子ちゃんか」

夫の声がした。

「わかる？　よかった。修ちゃん、死んだら私、困る」

「大丈夫、君はぼくなしでもやっていけるひとだ」

夫の声はおどろくほどしっかりしている。京子は赤いドレスをふわりと浮かせるようにして、かがむと、布団のなかの夫の手を握った様子。

「死ぬの怖い？　私には手を握ってあげることしか出来ない、ごめんね」

あまりのことに容子は簡易ベッドから飛び降りた。

「やめてください！」

大声で叫んだ。

だが、何故だろう。不思議なことに京子には、というより二人には、容子の声が聞こえていない様子。じっと手を握り合ったままだ。容子は突然、パニックにおそわれた。開いたドアから飛び出すと、廊下のはずれにあるナースセンターへとかけ出した。

何事と思ったのか、緊張した顔の当直医師が看護師をともなって、容子とともに病室に来ると、室内にはなんの変わった様子もなかった。夫は点滴や酸素吸入器につながれて、相変わらず静かに寝入っている様子。そんな、あり得ない！

容子は不審げな看護師の目をはねのけるように言った。

「本当なんです。女のひとが居たのです」

「奥さん、お疲れなんですよ」

看護師の憐れむようなまなざしに、容子の混乱はさらに増す。

かたわらで、夫の様子をチェックしていた医師が、

「ちょっとまずいな。ＩＣＵに移した方がいいかもしれない」

緊迫した声で言うのだった。

「準備して」という医者の言葉に、病室は急にあわただしくなる。何人もの看護師が出入りし、

やがて、夫をのせたまま、ベッドは運び出されていく。「ICUは二階奥ですから」と、看護師が声をかけてくれたものの、容子の存在など、まるでないかのような、一連の作業であった。

ベッドが運び出され、がらんとした室内で、容子は何も考えられず、混乱したままかたわらの椅子にぼんやりと腰をおろした。時計に目をやると午前二時。窓外の風はおさまったらしく、しんとした室内には冷気がただよいはじめた。

ベッドのない空間に小テーブルだけが取り残されて置いてある。タオルやティッシュペーパー等、日用小物の脇に手帳があった。それらをまとめながら、容子は手帳をぱらぱらとめくってみる。日付の各欄には、びっしりと文字が埋まっている。が、日を経るほどに、文字数は少なくなり、三日前からは白紙だった。

入院当初は見舞客との会話、医者の病気への見解や、治療薬、そして、Aさんより二〇〇cc輸血、娘たち学校帰りに寄る。容子文庫本二冊持ってくる。寝汗ひどし、タオル三枚容子、など日常がこまかく書いてあるが、日を追うごとに、ふらつきがひどく歩行困難、今日も輸血と点滴、しかし食欲はある、容子にうな重を頼む、等と、関心は体調のことが主になっていく。

容子は改めて手帳を見て気が付いた。狭い紙面にびっしり書かれた文字の片隅に、TELK、と小さく記されている箇所が、二、三日おきにあるのだ。見過ごされてしまいそうなほどの記号のような文字だった。

TEL K、とは、憶測に過ぎないにしても、つまりは京子へ電話したということなのかもしれない。こうやって夫と京子は連絡し合っていたのだろうか。昔、夫は京子に出会ったことを、冗談めかして、運の尽きと言ったことがある。夫が危篤状態に陥った今、彼女は夜更けにもかかわらずやってきた。赤いドレスの女は自分の妄想なんかではない、いえ、そんなことどうだっていい。どんなに離れていても、年月が経っていようとも、二人は宿命の間柄なのだ。ともに暮らしながら、自分には得られなかった絶対の信頼関係。容子は今、ひしひしとそう感じている。

手帳をバッグにしまう。けれど夫はもう京子に二度と会えないし、声を伝えることも、手を握り合うことも出来ない、そして京子もまた。と、容子は夜明けにはまだ遠い闇夜に目をやりながら、そんな、にがい勝利を味わうのであった。

その時、部屋の片隅にちかっと小さくひかる何かが目をひいた。それはドアのすぐわきの床に落ちていて、顔の角度を動かすと、ひかりかたが微妙に変化する。なんだろう、近寄って手にとろうとして、容子は思わずたじろいだ。

それはひと粒の小さな赤いスパンコールだった。

早暁に夫は息を引き取った。予想より早い死であったという。

容子はさまざまな用事に追われはじめた。担当医から、今後の医学のために、献体にご協力いただけないかと言われ、容子は夫の解剖について、ほとんど感傷的にならず、承諾し、何枚もの書類にサインをした。

心が渇ききったように、悲しみさえ湧いてこない。

医局を出てから、ロビーで、バッグから携帯電話を取りだす。

「お父さん、死んだわ、今朝五時」

電話に出た長女に告げる。母親の言葉に一瞬、沈黙した長女だが、

「わかった、学校に連絡して休むから。A子の先生にも伝える」

と、この前、母親に言いきかされていたことを繰り返すように言った。

早朝のロビーに人影はなく、まばゆい初冬の朝日にあふれていた。こんな輝かしい陽ざしの中に自分が居ることが、容子にはひどく不似合いにおもえてくる。

再び、電話を手に、容子は夫の死を、知らすべき人間へと電話をかけはじめる。

「もしもし、主人が亡くなりました、今朝、五時……」

陽ざしのあふれる、しんとしたロビーに、容子の声だけがひびく。

次々と電話にむかって声をかけながら、容子の脳裡にはさまざまな思いがめまぐるしく行き交っていく。夫にとって自分は、妻という存在であって一人の人間ではなかった。当然かもしれない。臆病で勇気もなく、いざという時に、自分のことしか考えられない女なのだから。夫の手帳に書かれた、容子、文庫本二冊、タオル三枚持参。うな重を頼む、それが自分の存在理由だった。

京子がどんな女なのかはわからないけれど、少なくとも、夫が、肉親への愛憎のもろもろか

ら、わが身の弱さから、救われたいがために求めたのは、妻の自分にではなく、京子にであったのは確かな気がする。

「もしもし、主人が亡くなりました、今朝五時……」

容子は電話をかけ続ける。気温があがり、ロビーの奥深くまで、陽ざしが満ちはじめた。

湖畔の街への旅

「美しきアルプス湖畔の街々とアヌシーへの旅」というのが今回旅行社がつけた旅のタイトルである。期間は七月初旬から二週間。タイトルの「美しきアルプス湖畔の街々……」に関していえば、特に行ってみたいとは思わないのだが、アヌシーに三泊、という行程に気持ちが動いた。私は以前に一度アヌシーに行ったことがあり、アヌシーという街にはちょっとした思い入れがあったのである。

私はその旅に一人で参加することにした。

フランス、サボア地方、スイスとの国境近くに位置するその街は、湖と運河とこぢんまりとした旧市街を有し、この地方きってのリゾート地。近年になって、その景観に目をつけた日本の旅行社が、行程に組み入れはじめたのである。

アヌシーへのちょっとした思い入れについて振り返れば、それは夫が病死して二年が過ぎた頃、私は何事につけ、後ろを振り向き、うつうつとした日々を過ごしていたのである。折しもそんな時期、スイス在住の友人、早川レイコから電話があった。

「感傷旅行でもなんでもいいから、とにかくいらっしゃいよ」

かなり迷ったものの、私はレイコの声にひきずられるようにして、小学生と中学生の娘二人を、近くに住む弟夫婦に頼み、スイス旅行に踏み切ったのである。どうせ行くのならと、十日ほどの滞在日程を組んだ。

日本出発時は四月の暖かい陽気だったのに、ジュネーブに着いてみると、開きかけたもくれんの蕾に、みぞれや雪の降り積もる、スイス特有のいつまでも冬の明けない寒さであった。

レイコの住むアパルトマンはジュネーブのはずれ、丘陵地帯にあるので、昼間勤めに出ているレイコの留守のあいだ、私はトロリーバスに乗って丘を下りては、ひとり市の中心部、旧市街に出かけた。レマン湖という目印があるのだから迷うわけはないと、湖面を吹き抜ける冷たい風にコートの襟を立て、厚手のマフラーをぐるぐる巻きにして、地図を片手に歩きまわる。疲れるとカフェに座って熱いココアを飲む。そうやって歩いていると、妙に力が湧いてくる気がした。見知らぬ土地、さまざまな人種、誰ひとり知っている人間のいない街。漠然とだが、なにかが心を満たしはじめる。

ぶらぶら歩きに疲れて戻ると、まずアパルトマンの地下にある、レイコの部屋専用のシェルターに寄る。スイスにきて驚いたことのひとつには、中立国であるにもかかわらず、だからこそかもしれないが、一戸建ての家はもちろん、賃貸のアパルトマンそれぞれにも専用のシェルターがついていることだ。シェルターをつくる費用の一部は国が負担するとのこと。有事の際、一週間は過ごせる食料を各自が用意しているという。はんぱじゃないんだこの国は、と思う。

とはいえ、シェルターといっても、普段は食料貯蔵庫や物置として使用している。私はたまねぎや、じゃがいも、ワインなど夕食の食材を抱え、エレベーターで部屋に戻る。そして、じゃがいもの皮をむきながら、テレビで「刑事コロンボ」の甲高いフランス語吹き替えや、金髪美人がチョコレートを食べながら、艶然とほほ笑むという、日本の自動車メーカーの、画面には自動車の影すらない不思議なCMを眺めたりした。そんな何気ない場面に驚きを覚えながら、私はさして退屈もせず、むなしさの入りこむ余地もなくすごしていた。

そんなある日のことである。レイコに誘われて、私はテアトルアヌシーコンテンポランダンスバスツアア、というのに参加することになった。つまり、アヌシー劇場で、前衛的創作舞踊を見るためのバスツアア、そんなバスツアが一般募集で成り立つところが面白い。私はその時はじめてアヌシーという街に行ったのである。

若い頃、私はレイコと、同じダンシングチームに所属していた。

そのチームがヨーロッパ公演に打って出ることになった。一九六〇年のことである。舞台はパリのムーランルージュ。出演者全員が日本人で、タイトルは「ラ・レビュージャポネ」。まだ一般には観光でヨーロッパに渡れない時代であった。

私はどうしてもパリに行きたくてオーディションを受け、その結果、その他大勢という役柄ではあるが、公演に参加できることになったのである。レイコとはその頃からの付き合いだ。

一年間のムーランルージュ公演後、レイコは帰国せずにそのままパリに残った。フランス人の恋人が出来、結婚したからである。だが、二年ほどで離婚。一人娘のユキはレイコが引き取り、以来、レイコはいろいろ職を変え、最終的に、ジュネーブの日本の役所の出先機関に職を得、秘書として働いている。

といったけっこう波乱にみちた半生を過ごしてきたレイコだが、ダンスが根っから好きなのであろう、未だに新しいダンステクニックの研修を受けたりするほどの入れ込みようで、ことダンスに関しての情報は豊富だった。

アヌシーバスツアの演目も、ヨーロッパでは人気が高く、彼女がひいきにしているというJ・Dという黒人系の男性舞踊手が主演していた。

雪のちらつく寒い夕刻、ダンス見学ツアの大型バスはジュネーブを出発した。ほぼ満席状態で、中年以上の女性客が圧倒的に多い。

アヌシーまでの一時間半ほどの間、車内ではワインとサンドイッチのサービスがある。知らない乗客同士が、だんだんワインでもり上がり、ダンス談義がバスの中をにぎやかに飛び交いはじめる。大して言葉もわからず、ダンス事情にもくわしくない私は、声をかけられても話がつながらず、黙って窓外に目をやるばかりであった。

雪は次第に激しさを増し、フランス国境に近づく頃には、深い雪に覆われた峠の山脈が間近にせまってくる。国境を越え、白い闇に沈む森や草原に見とれているうちに、バスはやがてアヌシーの街に入った。雪の降りしきる道路の向こうに、湖面がひかって見える。オレンジ色のネオンに彩られたアヌシー劇場は街のややはずれ、湖に近い並木道に面していた。

今夜の公演はベルギーに本拠地をおくダンスグループで、Ｊ・Ｄを中心に、ダンサーと歌手二十名ほどで構成されている。演目の主題は反戦、具体的にはコソボ紛争が取り上げられている。

幕が上がると、舞台は軽快なテンポで楽しげに踊りたわむれる何組かの男女がいる。やがてそこに劇場全体をふるわすほどのシンセサイザーの不協和音。照明があわただしく交錯し、のどかな情景が一転して戦場になる。そして場面は難民キャンプ、疲れ果て悲嘆にくれる群衆の踊り。何人かの黒人男性舞踊手が均整のとれた半裸で、天に向かい十字を切り「神は存在したもうか」と叫ぶ。

舞台一隅では黒いスーツ姿の男性コーラスがバッハの「マタイ受難曲」を歌っている。舞台奥では子供たちの無邪気な踊り。といったふうにテンポの速い場面転換がつづき、フィナーレには全員がそれぞれに違う振り付けのダンスを見事な調和で踊る。そして「コソボに平和を」の大合唱。

ヒップホップやブレイクダンスといったテクニックもふんだんにとり入れられていて、身体の関節を上の方から小きざみにくずれ落としていくブレイクダンスでは、人の倒れゆくさまや、悲嘆や憎しみの身振りをきめこまかく表現している。戦争という過激な状況を描きながらも、ダンス本来の美意識をきちんと心得ている感動的な舞台であった。

コンテンポランダンスはやっぱりいい。なんといったって同時代だからよくわかる（実際のところアバンギャルドはわかりにくいが）。言葉の不便さだってない。ブラボー。見終わってからレイコも私も惜しみない拍手を送った。

帰りのバスは、来るときとはまた別の興奮に包まれていた。明らかに七十歳は越えている三人連れの女性が、上気した表情で声高にしゃべっている。真面目な議論で、アルバニアとセルビアの紛争の原因や、また難民受け入れのスイス政府の対処のまずさへの批判等。そして、いちばん熱がはいるのは、やはりダンサーたちへの高い評価だった。

しかし、各自の意見の違いも多々あるらしく、話が過熱したりすると、周囲の誰彼にとなく意見を求めてくる。やがてそれに応じる声や反発する声があちこちからあがり、車内は喧騒の渦になる。

どうしてこんなにもエネルギッシュにしゃべりまくるのだろう。私はそれらの人たちの顔を横目に座席の隅に身をちぢめる。ここはやはり異国、四月にしんしんと降り積もる雪や、あきらめることなく、自分の意見を主張してやまない老婦人たちや、通じ合えない無数の言葉。それらは私にとって不毛なほど越えがたい。自分の考えをはっきり言うのが当たり前で、必要なら議論も辞さず、議論することによって、さらに互いの立場や考えを明らかにし、少しでも自分の考えを相手に届けようとする、そんなヨーロッパ人の気風や生活の仕方に、私はいつも驚きと同時に、なじみにくさを感じてしまうのだ。やっぱりはんぱじゃないな、この国は。

隣りに座っているレイコに目をやる。ついさっきまで後ろの座席の女性と、J・Dを称賛し合っていたのに、いつのまにか眠っている。顔に疲れをにじませて。

疲れて当たり前よね、ヨーロッパに女ひとり、三十年も暮らしてきたのだから。


その時のアヌシー滞在は、時間にして三時間ぐらいなものだった。雪の夜だったし、街の様子や眺望を誇る湖もほとんど見えなかった。残念だけど再度訪れることはないと思っていた。

だが今回、たまたま「美しきアルプス湖畔の街々とアヌシー」という旅行パンフレットを目にして、十数年前のアヌシー劇場の感動を思い出したのである。季節も七月、蒸し暑い日本を離れて、空気の乾いたヨーロッパで快適な夏の何日かを過ごしてみたい。

思えば夫の死からすでに二十年近く、ずいぶん長い年月を生きてきたような気がする。娘たちも結婚したり独立したりで、もはや自分に家族がいたという実感も薄れつつある。なにか索漠とした自由のなかで、自分がひどく不確かなものに感じられる。なにをしてもいい。なにをしなくてもいい。そんなつかみどころのない無重力状態の日々に身をゆだねている。

ともあれ、なにもすることがなければ遠くに目を向けてみよう。山のかなた、海の向こう、そこには異質の文化があり、街があり、言葉があり、友達が住んでいる。

「人類百万年の歴史で、定住を始めたのはわずか一万年前にすぎない。あとの九十九万年は流浪していた。旅は人間の本性、ならば旅への衝動は逃避ではなく、野生の叫びであり、人間性を回復する積極的な手段かもしれない」

つい先日、新聞で見つけた旅に関する文章である。

私はその壮大な発想に、なるほどそういうものかと感じ入る。そして、自分の今の心境を正当化するべく、それならば早速と、旅の準備にとりかかる。アヌシーへの思いをはせながら。

旅の起点はミュンヘン。ここからアヌシーまでの全行程をバスで走る。

ミュンヘンを出発した翌日、ドイツ南西部のリゾート地、バードドライヘンハルに二泊。瀟洒な家並みの落ち着いたたたずまいの街で、ホテルがとてもよかった。大きくはないが風格のあるレンガ造りの建物が、うっそうと茂る植物園のような敷地に建っている。

こういうところでせめて半日ぐらい気ままに散策したり、ベンチでくつろいだり出来たらどんなにいいだろうと思う。けれどそうはいかないのだ。早朝のモーニングコールで起こされて、覚めやらぬ目で朝食をとりながら、窓外の緑豊かな庭園をうらみがましく眺める。まったくの話、日本の旅行社は時間を無駄にしない。実際の旅行の中身よりも、盛りだくさんパンフレットに印刷された旅行メニューを売っている。だから十数時間の飛行の翌日だって疲れたなどと愚痴を言う間もなく、分刻みに観光予定がぎっしりとつまっている。がんばりと意気込みが必要で、気ままは許されないのだ。

雨もよいのなか、バイエルンの王、ルードヴィヒ二世が築いた最後の宮殿、ヘレンキームゼー城の見学に出かける。遊覧船でキーム湖を渡り、宮殿に着いたとたん、空に稲妻が走り、土砂降りの雨がおそってきた。フランスのベルサイユ宮殿を模して築いたというその城に、ルードヴィヒ王は十日間しか住まなかったという。

しかし、その内部の常軌を逸するほどの華麗さにおいては、ベルサイユ宮殿の比ではない。私たちは目を見張るばかりであった。一時間ほどの宮殿見学中も、雨と雷鳴は激しさを増し、イタリアのヴィスコンティ監督の映画の場面に実際使われたという王の大階段と呼ばれるあたりにさしかかると、ものすごい大音響とともに近くに落雷があった模様。

「ルードヴィヒ王の呪いでしょうか」女性ガイドがこわごわ言う。

「王は若くして正気を失い、ついには湖で死体となって発見されたのでした」そんな説明がぴったりの宮殿と天候であった。

雨がやんだ後、ふたたび対岸にもどり、湖でとれた鱒料理の昼食をとる。古い小さな教会をひとつ見学し、バスで山のふもとまで行き、リフトに乗って一八〇〇メートルの山頂へ斜面にそって昼寝をしている牛たちの頭上をゆるゆると登り、霧でなにも見えない山頂のカフェでお茶を飲み、そこから山を下りてまたお城をひとつ見学し、ヒットラーの山荘だったベルヒスガーデン付近に出かける等々めまぐるしく移動をつづけていく。

私は黙々とみんなの後をついて歩く。気分がだんだん沈んでくる。だいたい私は水の上や高い所が苦手なのだ。ツアの人たちは口ぐちに疲れたと言いながらも写真を撮ったり、にぎやかにしゃべったりしながら歩いている。

ホテル帰着は五時過ぎ、くたくたに疲れて、いったい今日一日何処に行って、何を見たのかもすぐには思い出せないくらいだ。熱いお風呂に入り、とりあえずベッドに倒れ込む。もう起き上がるのもめんどうだった。でも、七時の夕食まであまり時間がない。重い身体と気分を引き立てて洋服に着替え、ハイヒールをはく。さて、これからレストランでフルコースのディナーか。なんだか難行苦行の試練の旅に出た気分になる。

といった過密スケジュールと、どこまで行っても似たような牧歌的風景のつづく村や町をたずねて何日か過ごした。そして旅行日程六日目、スイス東北部の小さな町、アッペンツェルには昨夜遅く着いた。

朝、目が覚めると窓から見えるのは暗うつな空模様、また雨。

さわやかな気候を求めて来たはずなのに、ヨーロッパのこの地方は五十何年ぶりかの冷夏に見舞われている。涼しさを通り越して厚手のコートが必要なくらい寒い。しとどに降る雨が古びた石畳をぬらし、窓の向こうの広場は、もう八時を過ぎているのに人っ子一人歩いていない。無人の広場には色とりどりの建物が建ち並び、壁面には草花などを描いた大きなタイルが何枚もはめこまれている。おもちゃの街、童話の世界。そんな雰囲気作りを意識しているような街並みであり、なんとなくヨーロッパ風リカちゃんハウスを連想してしまう。

しばらくそんな風景に目をやっていた。ツアの人たちは先刻、雨にもめげず予定の観光に出かけていった。私は今日のツアには参加しない。スイス在住のもう一人の友人、ヨーコ・デュランに会う予定になっているからだ。

十時ちょっと前にヨーコは着いた。

ホテルのロビーに下りていくと、思いがけないことに、ヨーコは夫のフレデリックと一緒だった。フレデリックと会うのは何十年ぶりだろう。

「長距離の運転に自信がなかったのでフレディにたのんだのよ、どうせ彼ヒマなんだから」とヨーコは言う。

おぼえていらっしゃいますか、ヨーコの古い友人です、などと、少しどぎまぎしながら挨拶を交わす。もちろん、おぼえていますとも、フレデリックは愛想よく応じてくれる。彼は昔の面差しをわずかに残し、六十代半ばの平均的なスイス人といったところだ。どことなくジャン・ギャバンを思わせる風貌の中に知的な雰囲気が感じられる。

けれど、私はとまどっていた。というのも、十年ほど前にヨーコはフレデリックと別居しているはずだった。ヨーコは現在、ローザンヌで別な男性と暮らしている。ヨーコが家を出た後も、フレデリックはスイスの片田舎、ジィエという町の、もとの住居に一人でとどまっている。問題はいろいろあったにしても、別居の大きな原因は、フレデリックのアルコール依存症。そしてそれにともなう性的不能ということだった。

「離婚はしていないの、落ち度は自分にあるのだから、相続権は残しておいた方がいいと彼も言ってくれたし」

以前、ヨーコはそんなふうに言っていた。

「ジィエの自宅に一か月に一度、娘も息子もきて、一家四人で食事することになっているのよ、もちろんアルコールぬきで」とも言った。

そういう夫婦関係、親子関係がどういうものか私には想像出来なかったけれど、ヨーコの生活については今まで意外に思いながらもあえてそのまま受け入れてきたのである。

それにしても目の前の二人は、一見なんの屈託もなさそうだった。

フレデリックは地図を広げて、ここから三十分ほどのところに、ザンクトガレンという古い街がある。そこの修道院はヨーロッパ最古のもので、付属する図書館の蔵書は十万冊にのぼり、ヨーコも自分も行ったことがないので、この機会に是非行ってみたいと思うがどうだろうと言う。もちろん私に異論はない。

フレデリックは車を運転しながらも、五世紀頃建立され、現在では世界遺産に登録されているその修道院の歴史や変遷、それらにまつわるエピソードや、建築様式の移り変わり等について話してくれる。

それをヨーコの通訳で聞くのだが、ヨーコといえば時折「もっと右に寄ってよ」とか「危ないじゃないの」などと、フレデリックの運転に難くせをつけ、その都度、彼が「ごめん」などと言うのを聞いていると、この夫婦の位置関係がなんとなく見えてくる。

雨にぬれたザンクトガレンの街に、修道院はどっしりとした姿で建っていた。団体旅行のもの馴れたガイドが流暢に説明するのとはちがって、フレデリックは自分の個人的関心（彼はもと建築の仕事をしていた）にもとづいて、とつとつと（フランス語でもそんな感じがする）ていねいに話してくれる。したがって聞く方もおのずと気持ちのもちようがちがってくる。うんうんとうなずきながら、フランス語とヨーコの少々粗雑な日本語の両方に耳をかたむける。

「ここが魂の病院といわれている」修道院付属図書館に入るとフレデリックは言う。「この蔵書の大半が羊の皮をやすりでなめし、羽ペンで書く手法になっている。中世の写本製作の中心地だったらしい」彼はひたいに汗を浮かべ、私がわかったかどうか確かめながら話してくれる。華麗で重厚な後期バロック様式の建物の中、天井までびっしりと埋めつくされた羊皮紙の蔵書にただ驚きながら、私も一生懸命に説明を聞く。

外は相変わらずの雨だった。それもかなり強い雨足だ。この地方独特の張り出し窓の建ち並ぶ旧市街も寒くうす暗い。とにかくどこかで温かい昼食をとろうということになり、フレデリックは車をゆっくり走らせながら駐車スペースを探す。

「ほらあそこ、あそこに止められるわよ」道路の両側にびっしり駐車しているわずかな空間をさしてヨーコが言う。

「あそこは無理だよ、この車には狭すぎるし、それにほら、もう誰か止めようとしている」

「狭くなんかないわよ、下手なのよ。あなたがさっさと止めないから先を越されたりして……本当にドジなんだから」

最後の言葉を日本語で言い、舌打ちをする。昼食のレストランに着くまで二人の間にはそんなやりとりが何回かあった。

「ずいぶんひどい言い方するのね。案内してもらって、説明まで聞いて、私にしたら申し訳ないと思っているのよ」

そう言うとヨーコはしばらく私を見つめて「そうだったわね」ふと気弱な表情を浮かべて黙った。気丈なヨーコが見せたそんな顔をまのあたりにして、私は彼女がいつか言った言葉を思い出すのだった。

「フレディはもともと内気な人で、人一倍自制心が強いの。だからかもしれないけれど、お酒を飲むと一挙にたがはずれてね。日頃私に感じていたうっぷんのありったけをぶちまけてくるの。

この間もね、久しぶりに顔合わせたのに、しげしげ私の顔眺めながら、ヨーコのことが、だんだんわからなくなる、君はいったい誰なんだ、なにを考えているんだ。僕の酒依存にしたって、はじめのうちはすごく嫌ったけど、時には仕方ないと許してみたり、また怒ったり、自分のことなんだから、もっと責任を負え、と突っぱねたり、その都度言うことが変わってくる……。

そんなことを、くどくど言うのよ。私こそフレディのことがわからない。私はその場その場の気持ちを正直に話すのに、話し合うほどにお互いがだんだんわからなくなる。とにかく、酒を飲むと彼は別人格。暴力をふるわないのが唯一の救いだわ。彼のそんな面、家族以外の誰も知らない。フレディはきっと私に嫉妬しているのよ。私のしたたかさというか強さ、といったものにね、少なくとも私はフレディより柔軟なところがあるから。彼は自分のどうしようもない弱さのうえにあぐらをかいている。そういう彼を見ているだけで苛立ってくるの」

旧市街の観光カフェで食事しながら、しかしヨーコの言動は穏やかだった。

彼女にとっては久しぶりの日本語だったのだろう。言葉が思うように出てこないのに焦りつつも、たわいない話をよくしゃべった。話が一段落した時、ふとヨーコの表情が何かを思い出したようにくもる。

「私もヨーロッパ暮らしがかなり長いけどね、長く住めば住むほどに、やっぱり自分は外国人なんだって思い知ることがよくあるのよ。この間もね、スーパーマーケットで駐車場待ちをしていたら、横から割り込んでくる車があるの。私、頭にきて順番を守ってよ、って注意すると、その車の男がまじまじと私の顔を見て、いきなり、お前なんか国へ帰れ、ってどなるのよ。一見普通の人がよ。そういう時は言い返す気力もないくらい落ち込んでしまう」

ヨーコの言葉が心に重くひびく。私は慰める言葉もなかった。

ヨーコと私が日本語でしゃべっているのを、とり残されたようにフレデリックははたで眺めている。なんだか気の毒になり、たどたどしいフランス語でなんとか声をかける。「ジャン・ギャバンに似ていますね」お世辞のつもりで言ってみた。「ありがとう、よく言われる。特に若い時のギャバンにね」真面目な顔をして冗談を返してきた。その様子がとても感じがよいものだったので、会ってまだ何時間もたっていないけれど、その範囲でみるかぎりでは、彼に人格的な欠陥があるとは思えなかったし、いくらアルコール依存症だとしても病的な雰囲気は感じられない。ヨーコが彼と別居に至った経緯や、何故、彼を見下した態度をとるのかなど、ヨーコの言い分だけでは納得できないものも残るのだった。

夕方遅くまで二人は付き合ってくれた。

別れる時、私は彼にていねいにお礼を言い、ヨーコに「彼とてもいい人だわ」と本心で感想を述べた。「そうよ、気弱だけどとてもいい人よ。けっこう教養もあるしね」彼女はそう言うと昔の面差しを残す美しい目にふと強い光を浮かべ「だけどね、いくらいい人だって駄目なの。ヨーロッパではね、気弱でいい人というのは病気なのよ」と言った。

ヨーコもかつてのムーランルージュで踊った仲間である。とりわけ美貌だった彼女は、街を歩きながら、イタリアの映画監督、F・フェリーニに声をかけられ、端役だが中国人の役で映画出演をしたこともある。その頃、パリ大学在学中だったフレデリックはムーランルージュで、大道具係のアルバイトをしていた。その頃からひそかにヨーコと付き合いはじめていたのである。

いろいろといたらなさ、欠点はあるにしても、とにかく彼女も一生懸命生きている。異国に住む人間としての緊張感、夫婦間の葛藤。夫以外の男性と暮らしながら、自分の生活は自分で守ろうと、生け花を教え日本語を教えている。彼女は地面にちゃんと足がとどいている。

それにひきかえ、私はとりあえず平和な日本で、身にふりかかる緊張感もなく、あくせく仕事をしなくてもなんとか生活が成り立ち、金持ちでも貧乏でもなく、幸福でも不幸でもない。そんな自分の現在にさして疑問も抱かず、なりゆきまかせのくせに変化を好まず、退屈を恐れながらも退屈していて、あたりを羨ましげに見まわしてはため息をつく。そういう生活。単に時間の表面をなぞっているだけのような日々、それでも生きているにちがいない。

その夜、寝ようとしているところへレイコから電話がかかってきた。レイコとはアヌシーでヨーコも交えて会う約束をしてあったので、ちょっと意外な気がした。

「ごめんなさい、こんなに遅く。いまパリのホテルにいるんだけど、本当はホテルなんかじゃなくユキの家に泊まるつもりだったのだけど、ユキといろいろあってね。彼女いま妊娠しているでしょう、それで何かと神経がたかぶるせいなのか、それとも私に対する不信感を長い間つのらせていたからなのか、多分その両方だと思うけど、それがちょっとしたことがきっかけで、ひどい言い合いになってしまったの」

かすれたような声でレイコは言った。

「ひどい声でしょう、風邪がなおらないの。夏なのに毎日雨で寒いし、まるで世の中から見放されてしまったような気分」

「なにがあったの？」

そう応じつつ、私はかねがね感じていたレイコとユキの母娘関係に対する悪い予感を思い起こしていた。

「ユキのあまりにもひどい言い方に、ジェラール（ユキの夫）が私を弁護してくれたのだけど、もう駄目、ユキは止まらないの。昔も今も私は誰よりもユキを大切に思っているのにひどすぎる。……旅行中の貴女にこんな話してごめんなさい、どうしようもなく気が滅入ってしまってね」

そういうと、しばらく沈黙した。

レイコの夫はユキの生まれる前にレイコのもとを去っている。

二年弱の結婚生活の中で、フランス人の夫は子供をつくることに反対だった。この時、夫にはすでに愛人がいたという。しかしレイコは夫の反対を押し切って妊娠した。子供が出来れば夫の気持ちも自分と子供に向くだろう、と思ったらしい。それがレイコの決定的な誤算であり不幸のはじまりでもあった。夫は慰謝料も養育費も払わずに行方をくらました。

結局、離婚し、レイコはジュネーブの日本の役所で働きはじめたのである。

ユキを乳児院、保育所へと預けて仕事をした。一生懸命働いたのよ、人の何倍も努力したわ、ろくに出来なかったヨーロッパの言葉も、何か国語もマスターしたしね、すべてがユキのためよ、とレイコは言っていた。たしかに彼女はよくやった。誰が聞いてもえらい、努力の人と言うだろう。

でも、本当の意味で誰がそんなにがんばれるだろうか。まして若い女が一人、子供を抱えて外国の地で、経済的にやりくりが出来たとしても、職場で人の何倍も働きながら、母親の役目をも充分に果たすなんてことが出来ただろうか。出来なくて当たり前だと思うし、その方が人間らしくもある。そして実際レイコもそうだった。彼女自身は認めていないと思うが。

バイタリティ豊かなレイコは職場でも人気があった。人との付き合いも多く、次々にパーティに呼ばれ、男たちに誘われ、また誘いもした。私には気晴らしが必要なの、彼女はその都度弁明した。もちろん必要にきまっている。

当然ながら、ユキの乳児院や保育園への対応も、その分希薄になる。けれど、ユキはかけがえのない宝物、とレイコは言いつづけた。本心そう思っていたのだろう。レイコはいつだって何事に対してだって本心だった。夫に手ひどく裏切られたレイコの心は、ユキや仕事や男たちの間で揺れ動いていたにちがいない。

「かけがえのない宝物」と言いつづける母親の言葉を、日々成長するユキの心はどう受け止めたのだろうか。公私ともども多忙を理由に、保育所に来るはずの休日に来られなくなったり、小学校に入ってからは、ユキが帰宅してもいつもいない母親、夜遅く酔って男に送ってもらって帰る母親。

母親に愛され認められることだけを望む子供にとって、母親の立場や心のうちを理解するなんてこと出来はしない。ユキの胸には母親の言動のひとつひとつが深い傷となって残ったかもしれない。もっと子供に配慮すべきと、誰かレイコに言うべきだったのだろうか。

しかし、それを誰よりも痛感しているのは多分彼女自身だ。たいがいの人間が愚かであるように、彼女もまた愚かであり、それがレイコに備わった生きる能力の限界だったのだろうから。

「問題はお金だったの」

電話の向こうから再びレイコの声が聞こえてくる。

「年末には赤ちゃんが生まれるでしょう。今のアパルトマンは手ぜまなので、ユキはもっと広いところを買いたいらしいのだけど、ジェラールの収入のかなりの部分は離婚した先妻と二人の子供の養育費にあてられているし、そんな余裕ないらしいの。ユキもそのことを承知で結婚したはずなのに、急に私にお金出してって言いだしたのよ。私が仕事リタイアして多少の退職金が入ったのを知ったものだから。そんなのどう考えたって無理よ。私は日本人の職員扱いではなく、現地採用のスイス人並みの待遇ですもの。なまじ日本の役所に勤めていた分だけ、こちらの年金だって不利になっているしね」

と、ため息をもらす。

三十数年勤続のレイコに支払われた退職金の額を聞いて私は驚いた。日本のサラリーマン平均の三分の一というところだろうか。彼女の努力と仕事の量はその倍はあったろうに。

「そのお金、ユキにあげて、ママはろくに収入もなく、どうやって生活していけばいいと思っているのって聞いたの、そしたらね、そんなこと知らない、ママはいつだってどんな時だって、うまく生きてこられたんじゃない？　だからこれからだってなんとかやっていけるでしょ。通訳だって出来るし、それに男友達だって女友達だってたくさんいるようだしね、って言うのよ。見たこともないような冷たい顔をして。その瞬間、何故かわからないけれど、ああ、この子も母親になるんだって思いがよぎったの。でも、ユキのあまりにも理不尽な言いぐさにわれを忘れてしまってね、かっと頭に血がのぼって、それからはもうめちゃくちゃな言い合いがはじまったの。自分がどんなひどい言葉を口にしたのかも、もうおぼえていないくらい。

でも、ユキの言ったことはおぼえている。到底忘れられないわ。ママは口ではいつもいいことを言いながら、本当は私を邪魔だとおもっていたんじゃないの。ママは私を生んだことを後悔しているでしょう。パパにもママにものぞまれていない子供の気持ちなんてわかる？　そういってふくらみはじめたお腹おさえて、ぽろぽろ涙を流したわ。ユキは好きな人とやっと結婚して、子供も生まれようとしているのに、幸せじゃないのね」

なんてことなの、可哀想なユキとレイコ。いまレイコに返す言葉なんてなかった。ユキが本当に欲しいのはお金なんかじゃない。多分、それはもう永遠に手に入らないもの、彼女がいまの自分を越えないかぎりは、と私は思うのだった。

しばらくして私は言った。

「とにかくアヌシーで会いましょう。風邪をこじらせないようにね」

「ありがとう、貴女もよい旅をつづけてね」

そう言うと電話は切れた。

理不尽な暴言を吐いてまでユキが渇望してやまないもの、その正体に目を向けようとする時、私は救いようのないほどの無力さを感じてしまう。すっかり目が覚めてしまった。見知らぬ土地のホテルで深夜、物思いにふけるなんて真っ平だった。今夜は睡眠薬を少し多めに飲もう。


旅に出て九日目の午後、やっと晴れ間が見えた。

チーズで名の知れたグリュイエールの町、有名なわりにはおどろくほど小さな町だ。二〇〇メートルほどの町並みの中に、チーズを売る店や、ちょっとした土産物屋がまばらに点在しているだけだった。

雨はやみ、木々の緑が明るさを増す中、町の端から端までをぶらぶら往復していると、突然、雲のすき間から陽が射してきた。天候にしてもヨーロッパははんぱじゃないらしく、厚い雲の層が何日も何週間もたれこめて、夏でも冷たい雨が石造りの壁や屋根を陰惨にぬらし、この世の終わりみたいに降りつづくという。それだけに、いま雲の合い間から放射状に射す輝きは、あたかも古典派の画家の描く神の光を想像させた。気温が急にあがり、あたりの景色が生き生きとしてくる。

やがて、バスは険しい峠を越えて、フランス、シャモニーに向かう。希望者だけがモンブラン山頂近いエギュードミディ展望台（約三八〇〇メートル）にロープウェイで登る。けれど、登った人の話によると、山頂付近は雲に覆われていてなにも見えなかったとのこと。

午後の五時過ぎ、旅行の最終地、アヌシーに着いた。

五時というのにまだまだ陽は高い。

私たちが今日から三日間滞在するホテルは白亜の大殿堂、インペリアルパレスホテル。その名も建物も、思わず尻込みをしてしまうほどの絢爛豪華さだった。目の前は夏の陽に光るアヌシー湖。深い緑がめぐる湖畔のかなたには山々の連なりが見え、遊覧船やボートが湖上のあちこちに浮かんでいる。まるで絵葉書のようにくもりなく美しい。その昔、雪の降りしきるなかで垣間見、再訪に期待をかけたあの時の印象とはまるで違っていた。違って当たり前と思う。あれはやはり、私の心象風景とでもいうべき記憶だったのだから。

重い回転扉を押して一歩ホテルの中に入ると、そこは光と色彩の洪水だった。

巨大なシャンデリアの輝くメインロビーには、サンローランや、ディオールやシャネルやアルマーニ（Tシャツでさえ）といった有名ブランドに身をかためた女や男がなにげなく歩いたり、ソファにくつろいだりしている。

ホテルのスタッフたちの服装もカラフルですきがない。エレベーターの扉までが金色に輝いている。万事が万事たじろぐほどの華麗さで、私は居心地の悪さを感じつづけていた。

私たち一行といえば、長時間のバスの旅で、くたびれた顔色と、しわしわになった旅行着姿である。それでなくたって体型的に見劣りのする日本人、しかも団体。これはちょっとまずいと誰もが思ったにちがいない。少なくとも私は思った。

しかし、部屋からの眺望はさすがに素晴らしかった。なにもかもが計算し尽くされているようで、窓辺に立ち、目の前いっぱいに広がる湖を眺めていると、いつしか自分が額ぶちの中に居心地よく浮遊しているような錯覚におちいりそうだ。当然ながら、室内の設備も完璧。私は分厚い白のタオル地に金文字でホテル名が刺繍してあるガウンに着替え、とりあえず窓際のソファにくつろぐ。

夕食はホテルのメインダイニングで八時から。それまでかなり時間がある。やっと旅行らしい気分が湧いてきた。

それにしてもこのホテルの派手派手しさはどうだろう。

世界各地からおのぼりさんたちが分厚い札束をポケットに入れて滞在しているにちがいない。

私たち日本人も宿命的に田舎者であり、おのぼりさんかもしれないが、分厚いとはいかないにしても薄手のビザカードやアメリカンエクスプレスカードぐらいポケットにもっている。

ホテルショックのさめやらぬまま、バスタブにたっぷりとお湯をはり、香りのいいコロンを数滴落とす。湯気をいっぱい吸い込んでいると、いつしかおのぼりさんコンプレックスも消えていく。よし、今夜はとっておきの日本製ブランドに身をかため、じゃらじゃらのネックレスや金ぴかのイヤリングでドレスアップといこう。各国のおのぼりさんがメインダイニングに集まって、さぞや絢爛たる饗宴になるだろう。


「それにしても、すごいホテルに泊まっているのね、アラブの石油成金が好みそうなところだわ」


翌日、ホテルを訪ねてきたレイコとヨーコもやはり同じ感想をもったらしく、物珍しげに、ロビーのあちこちを眺めまわしている。二人が顔をあわせるのは三年ぶりぐらいという。つまり、私がたまにこちらに来た時だけということらしい。

ツアの人たちは、すでに旧市街観光と湖の遊覧という予定で出発していた。とにかく私たちも出かけましょう、ということになり、湖畔をぶらぶらと旧市街に向けて歩くことにした。

ぬけるような青空が湖面にまぶしく、だが風は冷たく七月中旬とはとても思えない。大した街じゃないわよ、と二人が言うとおり、運河沿いにのびる旧市街は道はばも狭くTシャツやスカーフや絵葉書などを売るこまごまとした土産物店が軒を並べ、狭い道にはあらゆる国の観光客がひしめき合っている。

人の波に押され、私たちはなにを買うでもなく一時間も歩いているうちにすっかり疲れてしまった。カフェやレストランが運河に面して何軒も店を開けているが、雑踏を眺めながらお茶を飲んだり、食事をしたりする気には到底なれなかった。結局、街はずれだが湖の見えるレストランに入った。旧市街の喧騒がうそのように静かな、けれど、どこかさびれた感じがしないでもない店だった。

気が付くと道の向こうにアヌシー劇場があった。

よく見ないと見過ごしてしまうほど目立たない建物だ。今は休館の季節らしく、ポスターの類も貼られていない。かつての日、雪の降りしきる中、華やかなオレンジ色のネオンに色どられていた劇場を想像するのはむずかしかった。

「J・Dのダンスグループは今どうしているの?」

いつかの夜、レイコと一緒に見たダンサーとそのグループのことを聞いてみる。

「彼、五年ほど前に死んだのよ。エイズだったの。そういう病気だとは知っていたけどショックだったわ。以前、ここで貴女と見た舞台の頃は、病気もかなりすすんでいたみたい、彼も予感していたのか、今思えば悲壮なほどの迫力だったわねえ。観客みんなが総立ちになって感動したもの。結局、トップダンサーがいなくなり、その後、グループがバス移動中に事故にあって何人かが怪我をしたりして、あのグループは事実上消滅してしまったのよ。悪魔の手にさらわれたってうわさする人もいるくらい不運がつづいてね」

なんだか信じられない話だった。

あの雪の日の、あれほど観客を魅了してやまなかったダンサーたち。コソボ問題に目を向けて、人間と人間の殺し合いはやめようと叫んでいた彼らが悪魔の手にさらわれてしまった。

ヨーコも以前から、J・Dの舞台を高く評価していたので、ひとしきりその話に熱が入った。

私は三年ぶりに会った三人がなごやかにおしゃべりする、こんな時間が今日このまま無事に過ぎることを、一抹の危惧の念とともに願うのだった。結局、その危惧はあたってしまうのだが。

やがて料理が運ばれてきた。仔牛肉のソティに赤ワイン主流の田舎風ソースをかけた比較的あっさりした料理だった。

「この間、これと同じソース作ったわ」

ヨーコがパンにソースをひたしながら言う。彼女は昔から料理が得意だった。

「フレデリックの家で?」レイコがなにげなく聞く。

「そうよ、息子も娘もフレディも、なかなかおいしいと褒めてくれたわ」

「しばらく会っていないけどフレデリック元気?」

「もちろん元気よ、優雅な年金暮らし楽しんでいるしね」

「そうはいっても彼、淋しい人よね。たまには気の毒に思うことある?」

とレイコ。ヨーコは一瞬表情をかたくして黙った。

そして、

「どう思っていようとも自分の気持ちを人に言うつもりはないわ、わかってもらえないもの。レイコだってフレディと私の間のこと何がわかるの？　ただ私の表面的な行いだけを見て批判しているだけじゃない。つまりは世間の目と同じで、友達の目では見ようとしてくれないのよね」

「貴女がフレデリックの本当の気持ちも考えずに、気ままな行動に走ったと私は思っているわ」

二人の口調にとげが見えはじめ、私は気が気ではない。やはり危惧はあたりそうだ。

「私はね、息子と娘が成人してから、フレディとよく話し合って別居したのよ。少なくとも、それ以前には夫婦関係がどうあろうとも、夫以外の男と付き合ったこと一度もないわ。世の中には同時に何人もの男と付き合ったり、次々と男を変えたりする女もずい分いるという話だけど」

生来の負けん気がそのまま出たヨーコの口調だった。最後の言葉は明らかにレイコに対するあてつけだ。レイコも勝気で弁が立つ方だが、勝気さに関してはヨーコの方が数段も上手だった。いざとなるとおどろくほど直截な物言いで相手に立ちむかってくる。

「私はフレデリックのようないい人とはめぐり会えなかったし、ユキの父親と別れたのはずっと昔のことだしね、でも職場には恵まれたわ。ずい分勉強もしたわ。けれどね、独りでやっていくためには何か慰めとか支えが必要だった。それが男友達だとしてもね。とはいっても私はいつも夢中になってしまうから、辛い思いの繰り返しだったけど、それでも誰かがそばに居てほしかった。そういう気持ちわかる？」

「もちろんわかるわよ。貴女が誰と付き合おうと、次々と男友達が変わろうと自由だけど、ユキちゃんへの影響をどう考えていたのかしら？　ユキちゃんが風邪気味で小学校を早退して帰った時、母親の寝室に男が居たなんてことなかった？」

いったいヨーコはどこまで言う気だろう。

もうそういう話はやめ、と私が言いかけた時、レイコが突然ぽろぽろと涙を流しはじめた。ユキのことで大分まいっているのに、追い打ちをかけるようなヨーコの言葉である。ヨーコもさすがにたじろぐような表情を見せたが、黙っている。

デザートを運んできた年老いたギャルソンが、レイコをのぞきこみ、

「身体の具合でも悪いのか？」とたずねる。

その言い方がとてもやさしかったので、レイコは涙を浮かべながらも笑顔をつくり、

「いいえ、辛い辛い心の病気なの」と言った。

老ギャルソンは、ああそうか、わかるわかるとうなずく。

ヨーコにひどい言葉で非難されてもめげず、というよりめげるわけにはいかず、けなげに立ち直ろうとするレイコ。非難する方もされる方も並みではない。心底タフなのだ。

コーヒーが運ばれる頃、レイコの顔ももとにもどった。

しかし、三人三様のわだかまりがその場の雰囲気をぎごちなく支配していた。私はレイコやヨーコのように何事につけ率直に、時には感情をあらわにしてまで、一生懸命に話をするという

ことがあまりない。ないわけではないが、彼女たちのように心のひだの一つ一つを検証するみたいにして、自己主張しようとする意気込みに欠けている。多分、異国の地での生活では、そうしなければやっていけない部分があるのだろう。私は二人に会う度に、自分が自己主張のまるでない無意志無感情な人間になったような気がしてくる。

「ローザンヌの日本語教室の様子はその後どう？　生徒はふえた？」

その場の硬さをとりなすように、私はヨーコに聞いた。一年ほど前からヨーコはカルチュアセンターで日本語を教えている。

「十人ぐらいかしら、子供もふくめて」

「ちゃんとしたテキストはあるの？　もし必要なら日本から送ってもいいけれど」

ヨーコのかなりおぼつかなくなった日本語を懸念して私は言った。

「ええ、ありがとう、でも大丈夫、丸善から『外国人のための日本語』というテキスト何冊か取り寄せているから」

「ああ、それなら貴女にだって教えられるわね、ついでに貴女の勉強にもなるし」

唐突に口をはさんだレイコの言葉に、ヨーコはまた鼻白みそうになる。

二人はなにかにつけて批判し合い、競い合う。その昔、パリに残った当時、二人はお互いをなにより必要とし頼りにもしていた。それぞれが結婚し別の生活を歩みはじめても、二人は表裏一体の関係にあるといっていい。お互い逃れられない宿命のようなものだ。そして私はずっと昔から彼女たちの生き方にも、競争にも参加しない傍観者だった。

レストランを出て、再び湖畔を歩いていると、ツアの人たちに出会った。小ぎれいな中年女性数人のグループで、予定の観光を終えて自由行動だという。あまり気がすすまなかったが、レイコとヨーコを紹介する。驚いたことに、二人は急に態度が明るくなり、愛想もよくなった。

「アヌシーでおみやげ、もう買われました？　よかったらお買いもののお手伝いしましょうか」

「この土地の名物って特にありませんけれど、サボア地方のチーズなんかどうかしら？　わりにさっぱりしていて日本人好みだと思いますけれど」

などと二人は口ぐちにアドバイスをしたり、質問に応じたりしている。ツアの人たちもレイコやヨーコに好奇心をもったらしく、さかんに話のはずむ様子だった。

私は道端のベンチに腰を下ろし、みんなの様子を眺めた。何故かわからないけれど急に生き生きとした顔つきで、初対面の人たちと親しげにしゃべりはじめたレイコとヨーコ。異国の地で数えきれないほど修羅の場を経験し、満身創痍になりながらも、なおたくましく生きつづけている二人。私がずっと昔から二人に見つづけ、感じつづけてきた思い、それは強靭ともいえる生き方へのある種の羨望、と同時にそんなしたたかさを必要としない安全な場に生活するわが身への安堵と物足りなさ。

それらもろもろの感慨を味わいたいがために、私は旅に出かけてくるのではないか。そして、雪の日の幻想ともいえる忘れがたいアヌシー劇場での感動。

「スイスに住んでいらっしゃるなんて素敵ねえ。羨ましいこと。私もそんな人生やってみたかったわあ」

ツアの人たちの屈託ない声が、澄んだアヌシーの湖面にひびきわたる。

忘れられた部屋

こうやって若い男の方と差し向かいで、お話しするなんて、何十年ぶりのことでしょう。いっぺんに気分が明るくなりましたよ。

私のような年になりますとね、一日が一年に等しいくらい大切になり、せめて若い時の気持ちを、いくばくなりとも失いたくないと願って日々を生きています。とはいえ、記憶がねえ、という方が多いようですが、私は昔のことも、現在のことも、何故かはっきりとおぼえているのですよ。人様は、それをとても素晴らしいとおっしゃいますけど、まあ、当事者の私にしてみれば、忘れてしまいたいことは山ほどあります。それをなにかの拍子にひょいと思い出してしまうのは、いきなり足もとを払われて、突然過去と向かい合い、どうしようもなく辛かった記憶を再び味わうのと同じ気分なのです。

私の記憶能力が人様より優れているというわけでは決してなく、それは今からお話しする出来事につながって、私に降りかかってきた、背負い切れないほどの運命のなせるわざではないのか、と思っているのです。そのせいで、私の頭の隅々までがいやおうなく活性化してしまい、そうでもしなければ、とても生きのびられなかったのですが、年を取ってもそのまま頭だけが、というより記憶が焼き付いてしまったせいではないのでしょうか。忘却という救いがなかなかおとずれてこないのです。

思えば、七十年前の昭和二十一年、ひとりの外国人と出会ってしまったことによって、あのまがまがしい運命がひそかに私をとり囲みはじめていたのです。東京はまだ敗戦のひどい混乱状態のさなかにありました。場所は池袋でした。今では立派なコンサートホールなどが建っていて、昔をしのぶよすがもないようですが、あのころは一面の焼け跡でした。駅界隈には、バラック建ての粗末な商店ともいえない、いわば闇市のような店が雨後の竹の子のように並びはじめました。戦争であれだけ打ちのめされたというのに、人間って生きることに、なんてしたたかなのでしょうね。あたりは雑多な人いきれでいっぱいでした。

そんなさなか私は事情があって、そこの一軒の食べ物屋で働いていたのです。食べ物屋といっても、当時、出回りはじめた小麦粉に、闇のルートで入ってくる砂糖や人工甘味料で味つけした蒸しパンとか焼き芋、串焼きの肉なんかもたまにありました。それでも売れに売れました。売っているものは粗末でも、どこからやってくるのか、人々が蟻の群れのように集まり、そこは喧噪と活力の満ちあふれる場所でした。

あら、どうぞ、冷めないうちに召し上がれ、私の作ったオニオンスープです、けっこう美味しいのよ。今でも、これだけはたまにつくることにしていますの。私が大昔に愛した、モリス・ロシュフォードの好物でした。彼は貴族という特権階級の出なのに、こういう庶民的なものが好きでした。彼は子供の頃から、母親のマダム・ロシュフォードには内緒で、メイドがひそかに自分のために作ったオニオンスープを時折、食べさせてくれるのが楽しみだったと言っていました。そう、彼が私の運命の人でした。そして私は、彼と関わったことで、人生の天国と地獄をいっぺんに味わってしまったのです。

それはともかく、私がモリスと出会ったいきさつをお話ししましょう。

今からお話しすることは、世界広しといえ、そうそう誰もが経験出来たことではないと思いますよ。というより、決して経験してはならない出来事なのです。東京空襲の怖ろしさは身にしみて知っていますが、それとは次元の異なる怖ろしさでした。

よくぞ生きのびられたと思います。運が強かったのでしょうね。

そして、あの一連の出来事が何故わが身にふりかかってきたのかを振り返る時、当時の自分がいかに未熟で浅はかだったかに、思いいたるのです。そういう未熟さ、世間知らずが、あのわずかな幸福と、それに続くとんでもない不幸をおびきよせたのだと考えています。そうとしか思えないのです。だってそうでしょう、人それぞれにふりかかる運命、たとえば人と人の出会い、自分がその人とどう関わるかなんて、自分のせい以外のなにものでもないと私は思っていますよ。

と、まあ、わかったふうなこと申しますけれど、お話しするにあたって、さきほど、申しましたが、私はなにもかもが若い頃のようにはっきりしているわけでもないのです。この頃は、庭先の色づいた紅葉を目にし、あら、もう秋？　と戸惑い、自分の立ち位置のおぼつかなさをはなはだしく感じたりもするのです。近くに住む孫の家族が時々やってきては食卓を囲み、あれやこれや賑やかに過ごした後でも、いったいなにをしゃべったのか、どんな料理をいただいたかなど、楽しいこと、平和な時間などは、ほとんど頭のなかを通過してしまうだけです。この前も、貴方と婚約した孫の千恵に、お祝いをあげたことも、帰り際に「お祖母さま、大切に使わせていただくわね」とお礼を言われて、なんのことかといぶかしく思い、やがてああ、そうだった、と思いだす始末です。

まあ、それが九十五歳まで生きながらえた心もとなさであり、いくばくなりとも救いでありますのでしょう。人様の頭いくつ分も余分に生きてしまった今、一日、一日という時間に、私なりに心を託し、精一杯、目を見張って生きているつもりではおりますよ。先がもうない、というのは、大げさにいえばゴム風船をぎゅっと押して、破裂寸前のような切羽つまったエネルギーに満ちているといっていいのかもしれませんね。ほら、太陽だってまさに水平線に沈もうする一瞬、不思議なみどり色に輝くというではありませんか。

それはさておき、私が今まで一切口には出さず、墓場までもっていこうと決めたあの出来事の記憶を、今頃になって、どなたかに話したい、という思いが、このところしきりに騒ぎはじめたのです。夜中、夢うつつのなかで、このままでいいのかと、なにものかが、毎夜、せっつくのです。人間、最後の最後まで思い惑うものなのですね。今だって迷っているのですよ。とはいえ、やはり話さなければならないのです。

信じてもらえようと、もらえまいと、その聞き役を貴方にお願いした次第なのです。何故ですかって？　それは私のたった一人の孫の千恵の存在に関わってくるということと、その千恵と婚約した貴方をこの前、ひと目見て、今の若い人にはもう失われてしまったかと思える、寡黙でいながら思慮深く、そして誠実に見える雰囲気がそうさせたのですよ。私は戦死した夫、まだ戦時中で、モリスに出会う前に一度結婚しているのです。その夫の姿が貴方と重なり、いっぺんで好感をもちましたよ。ご迷惑かもしれませんが私の勝手さが、貴方に聞いてもらえたらと思うようになったのです。年寄りの世迷い言と笑い捨てになってもかまいませんよ。貴方がいずれ身内のひとりになるとはいえ、私の打ち明け話に付き合っていただく義務など決してないのですから。でも、こうやっておいでいただいたこと、とても嬉しく思っているのですよ。

ところで貴方おいくつですか？　そう、三十歳、千恵と同い年なのね。昔は女の三十なんて、とんでもないオールドミスと言われましたけど、千恵はなんとかという商社勤め、男と同等のキャリアウーマンで、いつのまにか年を取ってしまいましたけど、そのおかげで、貴方と結婚する幸せを得たのでしょう。私がモリスに出会ったのは、二十五歳の時でした。当時、私は結婚して四年、夫は三年前に出征して、翌年、南の島で戦死しました。夫は長男で、家業は東京下町で長年つづく乾物屋でしたが、戦死の公報が届くと、身体が弱く兵役をまぬかれていた夫の弟が家業を継ぐことになりました。夫の親たちは、その弟と私に夫婦になってほしいと強くせまってきたのです。

当時は家を絶やさないためにと、よくある話でしたが、私はいやでした。夫とは見合い結婚でしたが、初対面で私はこのひとと一生、添い遂げようと決めたくらい惹かれるものがあり、後に夫も、実は自分もそう感じたと打ち明けてくれ、女の意志など問題にされなかった当時、なんと自分は恵まれた結婚をしたのだろうと、時が経つほどに、ひとしおの感慨が胸にせまってくるのでした。

兄弟とはいえ、夫の弟は役者のように色白でひ弱く、男らしくひきしまった兄とは性格もまるで似ていません。夫が出征して留守の間、私が店先で立ち働いている時などでも、ふっと気配を感じて振り向くと、いつのまにか義弟がぴったり私の後ろにいて「兄貴がいなくて淋しいよね」などと耳もとでささやくのです。

私は極力、忙しく立ち働き、実際、掃除、洗濯、店の手伝い、町内の防空演習、等々、大忙しの毎日なのですが、そんな義弟にたいして知らぬふりを通しました。そして、夫の戦死の公報です。

義弟と夫婦になるなんて、考えただけでもいやです。実家の両親も先方がそう望むのだから、悪い話ではなかろうと、賛成のようなのです。私は自分の今後の身の振り方を思い悩み、義弟と一緒になるくらいなら家を出ようと覚悟を決めたくらいです。とはいえ、戦局は悪くなる一方、女の働く場所といえば、どこかのお屋敷の女中さんくらいです。それでもかまいません。私は知り合いのあちこちを訪ね歩いたりもしました。

そんなある日のことです。私の実家の父親が脳溢血で倒れたという連絡がはいりました。

実家は中央線の大久保、当時淀橋区といわれていたところです。私は、とるものもとりあえずかけつけました。昭和二十年三月九日でした。おもえばこれも運命のなせるわざなのでしょう。今になっても身震いのすることがありますよ。

父親の容態は思わしくなく、座敷に敷かれた布団のなかで、大きないびきをかくばかりで意識はありません。父親は鉄道省の役人でしたから、明日にでも近くの鉄道病院に入院の手続きを往診の医者がとってくれるとのことでした。私は公衆電話から、姑に事情を説明し、明日の入院まで父親に付き添ってやりたい旨、連絡をしました。接続の悪い電話の向こうで、姑の様子をはかることは出来ませんでしたが、承知してくれました。

私は久しぶりに会う兄嫁の律子、彼女は近郷の農家に買い出しに行って留守でしたが、その律子さんに会えることを、こんな場合にもかかわらず楽しみに思いました。兄嫁は女学校を出るとすぐに、兄と結婚し、まもなく出征した兄の留守を父母と一緒に守る、けなげでやさしい女性でした。思えば彼女は、私の仕出かした親不孝をどれほどおぎなってくれたことでしょう。

その翌日の早暁がいわゆる下町大空襲だったのです。若い貴方には、歴史のひとつでしかないでしょうが、ご存じですよね。明け方の空は、山の手の私の家から見ても、異常に赤く燃えていて、今までにはない大がかりな空襲と、すぐにわかりました。焼け焦げた布の切れはしや、焦げ臭いいやなにおいが風にのってにおってきました。私は嫁ぎ先を案じながら、夫亡き後、いくら出る決心をしたとはいえ、ともに暮らした家族です。ただただ心配でした。母も律子さんも不安と恐怖のまま、ずっと起きていました。

夜が明けてまもなく下町一帯の惨状が少しずつ明らかになってきました。向島の嫁ぎ先の乾物屋界隈は跡形もなく焼け、舅夫婦や義弟の行方も、わかりません。あの一夜で十万人以上が焼け死んだのですよ。隅田川は死体でいっぱいだったそうです。出来るかぎりのつてを頼って、私は嫁ぎ先の家族を探しましたが、消息は不明のまま、生き残ったご町内の人たちも手を尽くしてくださいましたが、遺体すら見つからず、結局、あの家は絶えてしまいました。状況が落ち着いて、嫁ぎ先の家族の不明が正式に確認され、それなりの供養をしてから戸籍をもとにもどしました。

そんなわけで、私はそのまま、淀橋の実家にとどまり、続いて襲ってきた五月の山の手大空襲にも、奇跡的に家は焼け残ったのです。けれど、父親は病院に入院することもなく、空襲の避難騒ぎのなかで息を引き取りました。結局、それ以後、敗戦まで、私は実家で、母親と兄嫁の律子との三人で暮らすことになったのです。

物資不足や食料事情は、戦中よりむしろ、都会では戦後の方がひどかったのですよ。私はいったん嫁いだ身、いつまでも母や律子さんの世話にはなっていられないので、知り合いのつてを頼って、ぼつぼつ建ちはじめた池袋駅界隈の一軒の食べ物屋で働くことになりました。

と、まあそんなわけで、私が戦時中、どんな境遇だったかの前置きが長くなってしまいましたね。私の働いていた店は、さっきもお話ししたように、バラック建ての、大風が吹けば飛んでしまいそうな粗末なものでしたが、活気にあふれ、食べるものはもちろん、進駐軍のアメリカさんが小遣い銭欲しさに置いていく煙草、ウィスキー、バター、紅茶、それに靴とか、シャツなんかもありましたよ。私は嫁ぎ先が乾物屋でしたので、接客にはなれており、若く、好奇心も人一倍あり、片言の英語も話せるようになりました。

私は店主夫婦にも重宝がられ、一生懸命に働いたのです。

そんなある日のことでした。酒に酔った進駐軍の兵隊が数人、狭い路地をなにやらわめきながらやってきたのです。この界隈ではよくある光景ですが、なにしろ相手はアメリカ人、さわらぬ神に祟りなしと、まわりの店では早々に戸を閉めはじめました。私もどうしようかと、なんとなく様子をうかがっていると、そのなかでも、小柄な一人の兵隊が他の兵隊に怒声を浴びせられたり、蹴とばされたりしています。よく見ると蹴とばされた小柄な兵隊はなにをされても、一向に抵抗する様子もありません。どこか身体でも悪いのではと思えるほど、ひ弱で顔色が青いのです。

私が店の戸を閉めようとしたその時、仲間の一人が小柄な兵隊を力いっぱい突き飛ばしました。突き飛ばされて、兵隊は道端に倒れこみ、何度か起きようとしますがかないません。力尽きてそのままうずくまっています。口もとから血が流れ、血のなかに顔をうずめています。

見かねて、前後の見境なく私は男のそばにかけよりました。まわりの店の人たちはかたずをのんで、その様子を見ているようですが、誰も手助けにかけつけてくれません。兵隊たちは、振り返りながらも口々になにかをわめきながら、その兵隊を残し遠ざかっていきます。

倒れたままの兵隊に、肩を貸して、私は店の奥にある小部屋に連れていきました。

「すみません」彼は礼儀正しく言いました。怪我はおもったより浅く、それよりも身体が大分弱っているようです。ありあわせの包帯や絆創膏で手当てをしてから、熱い紅茶を飲ませました。幸いに店主夫婦はどこかへ商談に出かけて留守でした。

それが、モリス・ロシュフォードとの出会いだったのです。

「ぼくは除隊してまもなく故郷に帰ります。フランス人ですが、戦争中、アメリカの大学を卒業後、入隊したのです。身体が丈夫ではないので前線に出ることはなかったけれど、パリの実家の兄が戦死して、家の跡継ぎとして、どうしても家にもどるよう、母親が言ってきたのです」

そんな内容がモリスの口から語られたのです。

「入隊当時から、ぼくは役立たずで、みんなのやっかいものだったのかもしれません。除隊の許可がおりて、心底、ほっとしています」

軍服は着ているけれど、およそ軍隊というイメージからほど遠いタイプでした。意外に聞きよいフランス語なまりの英語に、私は一生懸命耳を傾けました。この時、無意識ながら、すでにお互い惹かれ合うものを感じていたのだと思いますよ。

それからの何か月間、モリスと私は、お互いのひまを見つけては、まわりに内緒で逢瀬を重ねました。駅の東口から護国寺方面にかけて、あたりはまだ焼け跡の多いままの殺風景な道のりを歩きながら、私は幸せを噛みしめていました。モリスにはいろいろな知識がありました。特に文学に関心が高く、ジョン・スタインベックが好きでアメリカの大学に行ったそうです。考えてみれば、貴族の家で生まれたモリスが、労働者の生活を背景に人間の姿を描こうとするスタインベックに惹かれるのは不思議と、後になって思いましたけれど、不労所得階級の彼は、すべての属性を剝いだ飾り気のない生身の人間の姿を、スタインベックの小説の中に見つけたのかもしれませんね。モリスの話は、私の未熟な頭の中に海綿が水を吸い込むように染み入りました。

スタインベックといえば、貴方、『エデンの東』ご覧になりました？　ジェームス・ディーン素敵でしたよね。あら、ご覧になっていない？　ごめんなさい、時代が大分違いますね、私の一人娘の百合子は若い頃、ジェームス・ディーンの熱烈なファンでしたよ。もうそんなに時が経ってしまったのですねえ。なんだか私は遠い場所から話しているような気になってしまいますよ。

やがて、夏も終わりかけたある日、モリスは言ったのです。

「許可がおりて、いよいよ来月帰国することになった」

モリスの言葉に私は、恐れていたことが現実になったことを知りました。道端の古い民家の庭に咲くカンナの赤が、痛いように目に焼きついてくるような、夏も終わりの頃です。

「改めてきみに頼みたいことがある」

モリスは濃い茶色の目でじっと私を見つめました。

「一緒にフランスに来てほしい」

この言葉は意外ではありませんでした。気持ちのどこかで、こういう結果になるだろうとの予想はありました。でも、なにより私はこの言葉を恐れていました。母の顔が、死んだ父の顔が、そして驚く律子さんの表情がとっさに脳裡をよぎっていきます。

私がどう言葉を尽くしたとしても、当時、進駐軍の兵隊と親密になる女性を、まともな女と世間も、そして肉親も見てくれるわけはありません。

もし私がモリスとフランス行きを実行したとしたら、どうなるでしょう。ありとあらゆる世間の嘲笑を、母も義姉も、やがて帰ってくるであろう兄も、そして伯父も伯母たちも受けつづけなければならなくなるのは必至です。

それらの障害をいったいどうやって乗り越えればいいのでしょう。

とはいうものの、私は人間の不可解を身をもって体験しましたよ。考えるほどに差し迫った状態でした。家族を思う気持ちと、男を切実に恋うる気持ちの板挟みです、どちらかを選べばなんてひどすぎます。戦争が終わったとはいえ、女が家のために犠牲になるのは当たり前の時代でした。でも家族のためにモリスと別れるなんてとてもできません。モリスと私の関係はこの世でたった二人きりなのです。たとえ父母といえど、モリスと私の間に入る余地はないのです。私たちの間には一ミリの隙間さえないくらい、お互いを求めてやまなかったのです。

ただただわかりませんでした。わからないけれど、私はモリスを選んだのです。その時の気持ちを説明することなんかできません。ただそうしてしまったのです。

わが身の倫理観や、世間の嘲笑、家族の立場などを飛び越えてしまったのです。日夜、心は経験したことのない痛みでさいなまされましたよ。その痛みを越えるためには心の目を閉じるしかありません。閉じてしまえば、今があるだけです。今の幸せ、今の不安、今の心配だけが。本来の自分は死んだ。私はモリスと、フランスへ旅立ったのです。

横浜からマルセイユまでの一か月の船旅です。当然ながら、誰ひとり見送りはありません。今まで貯めたお金のすべてを、母親と義姉の前に差出し、手を合わせて親不孝を詫びました。母も義姉も無言でした。出発の前夜、私は生まれ育った我が家と、改めて意識する日本という国に、永遠の別れを告げました。

日本は秋になろうとしているのに、南回りの船旅はめまぐるしく季節が変わり、赤道を越える頃から、モリスの体調は目に見えて悪化していきます。目的地のマルセイユに到着するまで、二度、喀血しました。

「家に着けば、かかりつけの医者もいるし、すぐに回復するさ」

私の不安を察し、モリスはつとめて元気にふるまい、体調のよい時は、フランス語を教えてくれたり、家系の話をしてくれたりしました。ロシュフォード家は、貴族として何代かつづいた家柄ですが、当主のロシュフォード氏は早くに病死、子供はモリスと兄の二人だけなのです。兄亡き後はモリスが家を継がなければならないそうです。戦後の現在は、多くの貴族がそうであるように、ロシュフォード家も、財政的に苦しく、売り食い生活でしのいでいると、モリスは言っていました。

なにかにつけ元気そうにふるまうモリスの態度とはうらはらに、彼の容態はおもわしくなく、マルセイユに着いた時は、自力で歩くのもままならないほどになっていました。見知らぬ国の見知らぬ場所で、私は不安ではちきれそうになりながらも、モリスを支えて、パリ行きの夜行列車に乗り込みました。真っ暗な星も見えない夜空が列車の窓を流れ、自分の明日が想像もつかず、青ざめた顔で座席にすわるモリスの手をしっかりと握りしめるしかありませんでした。

マダム・ロシュフォードは私が想像していたとおりの女性でした。

こういう階級特有の威厳に満ちたきれいなひとです。冷たい雰囲気の、あまり感情を表には出しませんが、息子が得体のしれない東洋の女を連れてきたことを、不快に思っているのは充分わかりました。ご苦労さま、と、使用人にたいしての口調で私に声をかけたきり、必要最低限の言葉しか口に出しません。頼みの綱のモリスは着いた日から寝たきりになり、かかりつけの医者も、モリスの容態に関しては難しい顔をしています。

私はモリスの看病にかかりきりになって、幸いなことに夫人と顔を合わせる機会が少なくてすみます。今まで勤めていた最後のメイドも解雇して、今では私がメイド替わりなのでしょう。経済的に困窮しているのはわかりました。かつては栄華をきわめた屋敷も、今では目ぼしい絵画も置物もなく、壁あとにむなしい空洞を残すのみとなっています。中国絹緞通の敷物もほころびが目立ち、色褪せています。でも、そんなこと、気にしていません。私はただモリスの健康状態だけに関心があるのです。

ある日のことです。いつものように薬草を煎じたお茶を病室に運ぶと、モリスがベッドに半身を起こしていました。手にはビロードの小さな袋をにぎっています。

「これを君にあげたいと思う、おばあさまからいただいた宝石なんだ。兄とぼくにひとつずつ渡してくれた品だ。つまり、僕たちが結婚した時、相手に贈るようにと、先祖から伝わってきたものらしい」

手渡されたビロードの袋を開けてみると、そこには、深い青色をたたえた大粒の宝石、指輪でした。もちろん、私は今までにこんな立派な宝石を見たこともありませんが、見つめるほどに、どこか謎めいた深さを秘めて、一瞬、私は魅入られたようになりました。

「まさか、こんなものを」私は驚くと同時に、不吉な予感でいっぱいになりました。

「これは、あなたが元気になってからいただくわ」

私があわてて返そうとすると、モリスはその手を押しとどめ、じっと私を見つめました。

「多分、ぼくはもう助からない、本当に残念だ。今からの人生を君と一緒に暮らしたかった。心からお詫びする、せめてものぼくの気持ちだ。君がひとりになった時、この品は君と、いとおしいお腹の子に役立ってくれるとおもう。日本に帰りたいと思ったらこれをお金に替えればいい」

そう、私はこの時、モリスの子をみごもっていました。それが千恵の母の百合子です。

そして、モリスは言葉をつづけました。

「ぼくが健康で、状況が許せば、もっと日本にいたかった、たった半年ほどの滞在だったけど、ぼくは日本でいろいろなことを学んだ、これといった信念もなく入隊して、戦争に参加、連合軍の勝利で日本に駐屯し、そこで戦争の悲惨さをまのあたりにしたんだ。一番こたえたのは、子供たちだった。家も親も戦争でなくし、駅などをねぐらにするしかない浮浪児たちは、いちばんの犠牲者だと思った。僕たちの顔を見ると菓子をねだる。ある時ぼくは菓子を少し余分に持って、あの子たちのたむろする駅にいった。ギブミーチョコレート！　と叫ぶその子たちに、持っていったチョコレートやビスケットを与えようとした。すると子供たちはものすごい勢いで群がってきて、幼い子や仲間を押し倒して、われ先にチョコレートを摑もうとする。押し倒された幼い子は、悲しげな目で、こちらをじっと見つめてくる。すさまじい騒ぎになった。殴り合いの喧嘩になった。ぼくはその時、はっと背中をどやされたんだ、自分はいったいなにをこの子たちに期待していたのだろう、サンタクロースにでもなったつもりでプレゼントを手渡し、にこにこ顔を見て、自己満足にひたろうとでもしたのか。

今、この子供たちは人間ではない。人間性を失った本能だけの生き物だ。戦争が彼らをそうさせてしまった。戦争が彼らからいちばん大事なものを奪ったのだ。正当な戦争なんてあり得ない。戦争はなにも残さず、悲しみだけが残るんだ」

病み衰えたモリスの目は真摯でした。

思えば、モリスも私も若く、そして純粋でした。私は彼の言葉に感銘を受け、痩せ細った身体を思わず抱きしめたのです。

三日後、モリスは息を引き取りました。

家族のすべてを失ってしまったマダム・ロシュフォードの悲しみと苦悩はいかばかりだったでしょう。代々続いたロシュフォード家は絶えてしまったのです。でも私は夫人の心のうちを思いやる余裕もなく、頼みの綱のモリスを失った悲しみと、自分自身の先行きの不安のとりこになって、葬儀の手続きや、つづく埋葬などをマダム・ロシュフォードにいわれるまま、黙々とこなしていきました。親戚や古くからのお付き合いはあったようですが、夫人は自分の貧窮を知られたくないのか、誰に知らせるでもなく、教会での葬儀、その敷地内の墓地への埋葬も私と二人だけで済ませたのです。

埋葬の翌日、朝食の時でした。秋日和のおだやかな陽光がダイニングルームの窓越しに差し込んできます。私が夫人のカップにコーヒーをそそいでいると、

「今日は一緒に出かけてください。ロシュフォード家の、今では使われていない城がロワール河の近くにあります。おわかりのようにモリスの死でこの家は終わりました。全財産を処分して私は老後をどこか小さな家で暮らします。ロワール河岸の城も売りに出します。でもその前に一度、検分しておきたいのです。それにあなたの行くすえのことも考えてありますよ」

夫人はいつになく、親しみのこもった口調で言うのでした。私はこの時、夫人は一見冷たくみえるけれど、モリスのように優しい息子の母親なのだから、実は優しいひとなのだろうと感謝の気持ちさえ抱きました。

夫人が手配しておいた車で出発したのはそれからすぐのことでした。三時間ほどかけて到着した場所は、ロワール河が近くに流れ、見渡せば、ところどころにさまざまなお城が建っているのですが、車の着いたロシュフォード家の城は、他の城にくらべて驚くほど小さくて、荒れ果てていました。鉄の門扉も錆が浮いて開いたまま、玄関につづく敷地には、雑草が生い茂っています。とても城というイメージにはほど遠いものでした。

けれど、夫人はなれた様子で重い玄関扉を押し開け、私を中に呼び入れました。

室内は暗く、夫人に言われるままに、緞帳のようなカーテンを開けると、ほこりのとび散るなかに、かつては優雅で、さまざまな人たちが訪れたであろう玄関ロビーと、ゆるやかな曲線を描いた階段が現れました。荒廃したなかにも、いつか見た古い外国映画の一場面そのものでした。

モリスも子供の頃、家族とここにやってきては夏の楽しい一時期を過ごしたのであろうか、と不意に胸がしめつけられる思いでした。

そんな私の胸のうちをのぞいたみたいに、その時夫人が言うのでした。

「私は二階を見回ってきます。あなたは自由にあちこち見て回ってけっこうですよ。子供の頃のモリスは地下の食料貯蔵庫がお気に入りでね、この廊下の突き当たりにある細い階段をどこまでも下りていってては秘密基地とかなんとか楽しんでいましたよ」

夫人はそう言うと、丈長のスカートの裾を軽くつまんで、ゆるやかな階段を上っていきました。一人になった私は心細さと、好奇心半分で、きょろきょろと館の中を眺めまわしました。ひとつひとつの扉を開けてなかをのぞきこんだりしましたが、古めかしい本のぎっしりつまった書斎とか、応接室の家具類には一面布が覆われていてうす暗く、特に興味をおぼえるものはありませんでした。私はキッチンへとつづく廊下を奥へと進み、さっき夫人が言っていた食料貯蔵庫へつづくという階段を見つけました。

目立たない細くくねった階段が下方へと長くつづいているようです。おそるおそる階段に足を踏み入れました。二、三メートル下りると小さな踊り場があり、そこからまた下へ下へと階段は幅をせばめながらつづいています。やがてまたさっきより狭い踊り場があり、そのすぐ脇は、きっと貯蔵庫だったのかもしれません、コンクリートむき出しながら部屋のようになっています。階段はまだまだ下へとつづいています。上方からの明かりも、かすかにとどいてなんとなく周囲が見えます。

いかにも幼かったモリス兄弟の好みそうな場所と、私はさらに好奇心に駆られて、狭い階段を下りました。地上から一〇メートルぐらいは下ったでしょうか、もう明かりはほとんどとどかず、その場が底なのかもしれません、いくつもの小部屋が並んでいます。部屋の中には、うす黒いかたまりのようなものがところどころ置かれています。しんしんと身体が冷えてくるようなうそ寒さを感じます。なんだか怖ろしくなり、私は追われるように階段をもどりはじめました。

やっと踊り場をひとつこえた頃、突然、頭の上でがらがらとものすごい音がしました。私はその場に思わずうずくまり、おそるおそる見上げた目の先に、鉄の格子がびしっとはまり、行く手をはばんでいるのです。最初はなにが起こったのかわかりませんでした。なにかの間違いかと思いました。私は鉄格子に飛びつくと力いっぱいゆすぶりました。鉄格子はびくともしません。声を張り上げて夫人の名を叫びましたが、あたりはしんとしたままです。そんなはずはない、焦燥と恐怖にかられながらも、夫人が来てくれるのではないかと、しばらくじっとこらえていました。どのぐらい時間が経ったのかわかりません。

が、やがて私は気づいたのです。ロシュフォード夫人は私をここに置き去りにするために連れてきたのです。モリスがいない今、息子が連れてきた得体の知れない女は、ロシュフォード家にとって邪魔ものなのです。この荒れ果てた城の地下の底に閉じ込めてしまえば、自分の手を汚さずに始末できるのです。

後になって聞いたことですが、たいがいの城にはこのような地下の部屋があるのだそうです。

主人にそむいた家臣や、密告者、あるいはわずらわしくなった愛人、といった不用な人間を閉じ込めて、そのまま忘れてしまうのです。「忘れられた部屋（シャンブル・ウーブリエ）」そう呼ばれていたそうです。

とにかく、私は鉄格子を力いっぱいゆすぶりながら、大声で泣き叫びつづけました。次第に声も出なくなり、手のひらはすりむけて、血だらけになりましたが、痛みすら感じなくなりました。のどの渇きと、飢えをおぼえる頃には、意識がもうろうとして、自分がどこにいるのか、どれだけの時間が経っているのかもわからなくなりました。それでも不意に自分にもどることがあり、すると、すさまじい恐怖が押し寄せてきます。そしてまた声のかぎり叫び続けました。下を見れば闇に飲み込まれそうです。どのくらいそうしていたのでしょうか。いつのまにか私の意識ははかない火のように消えていきました。

丸二日以上が経ったといいます。気がついた時、私の身体は病人のように力が入らず、ぼんやりと、どこかのベッドに横たわっていました。見知らぬ男と少年がベッド脇に座っていました。ここはどこ？　声を出したつもりがかないません。その途端、いっぺんに恐怖がよみがえってきて、私は声にならない悲鳴をあげました。無意識に頭に手をやった時、つかんだ髪の毛が白くなっているのに気がつきました。それほどの恐怖だったのでしょう。

その気配を察したのか、男が笑みを浮かべ、

「大丈夫、君は助け出されたんだ、お腹の子も無事だ、ここは病院だから」

いかつい顔に似合わず男がやさしく言いました。

「私は用事があって、あの川辺界隈の、ある屋敷を訪ねていた。一緒にきた息子は一人で、付近を散策し、くたびれて野原に寝転がっていると、どこからともなく、かすかに叫び声が聞こえてきたらしい。不思議に思ってあちこち探索しているうちに、あの荒れた屋敷にたどりついたといいます。声は途切れがちながら、確実に聞こえてくる」

男は少年に、そうだね、というふうに顔を向けた。少年は色白の顔ではにかむようにうなずきました。

「それからが大騒ぎになりました。息子の言葉を信じて私は近くの人たちに事情を話しました。そして何人もの人があの城に入って地下に閉じ込められている貴女を見つけた。あと何時間か経てば、死んでいたかもしれないと医者は言ってます。あの城は戦争前までは誰かの所有だったらしいが、今は誰の持ち物かもわからず、ほったらかし状態だったそうですよ」

もう大丈夫、というように、男はやさしく私の手を取りました。

私は助かったのです。お腹の子もです。何という奇跡でしょう。人家の少ないあの河辺で、偶然が私に九死に一生を与えてくれました。たとえ、聞こえるか聞こえないかの叫び声を、誰かが聞いたとしても、そのままほおっておかれたら、私の命はなかったのです。なんという幸運。この人たちだからこそ、そこまでやってくれたのでしょう。私は閉じ込められた経緯を途切れ途切れに男に話しました。

ロシュフォード家？　男は首をかしげ、

「聞いたことはある気がするけれど、没落貴族のひとつでしょう、戦後、そういう家は多い。だからこそ、私の商売が成り立っているといってもいいくらいなのですから。私はパリ郊外で宝石を扱う仕事をしていて、このロワール河界隈には、宝飾品を売りたいという貴族たちが増えました。今回ここに来たのも商売で、ある城を訪ねてきたのです。この河は息子が好きで、私の商談の済むまでそこいらを歩きまわっていたのが幸いだった」

男は大柄で武骨な感じですが、話し方は誠実で、私が理解できるようにゆっくりと話します。やっと感情が私にもどってきました。

「ありがとう」男と少年に精一杯感謝をこめて言いました。

それがフィリップ・ベルネイと、息子のピエールとの出会いでした。

その後、フィリップがロシュフォード夫人を探しましたが、パリの家は人手に渡り、夫人の行方はわかりませんでした。わかったところでどうなるものでもありません。夫人のことを考えるだけでも、あの地下の部屋を思いだし、悲鳴がこぼれそうになります。やがて、私の心身も健康をとりもどし、恐怖のため、白くなった髪の毛ももとにもどりました。

何か月かして百合子が生まれました。黒い真っすぐな髪と、黒い瞳をもち、ほりの深い顔の輪郭は父親似です。フランソワ・ユリコ・ロシュフォード、千恵の母、百合子です。

フィリップもピェールも私たち母子を家族としてむかえてくれました。

それから二年ほど、私はベルネィ父子と暮らしました。

フィリップは何年か前に奥さんを亡くし、宝石店のきりもりも人手が必要でしたので、行くあてもない私に、よかったら家に住んで、店を手伝ってくれないか、と言う、彼の申し出を私は喜んで受けることにしたのです。妻になってほしいと言われたわけではありませんが、年はかなりはなれているものの、私はすすんで公私ともどもフィリップとピェールの世話を引き受けることにしました。百合子はフィリップ父子に可愛がられ、順調に育っていきます。

ある時、私はモリスの形見でもある青い石の指輪をフィリップに見せました。今まで誰にも見せず、片時もはなしたことがありませんでした。フィリップは指輪を手に取り、商売人らしい目つきで、じっと眺めていましたが、

「そうか、ロシュフォード家にあったのか」

顔に驚きの色が現れました。そして、

「これは双子石と呼ばれる石の片方だ。これがサファイア、もうひとつがエメラルドで一対になっている。この二つの石は決して離れてはならないと言われている。離れ離れになれば、とたんにそれぞれの持ち主の身に不幸がふりかかる、と不吉な言い伝えをもつ宝石だと思う。この迷信めいた話は宝石を扱う業界のたいがいの人間なら知っていることだ。戦争のどさくさで、この宝石の存在がどうなったか、時々、話題になることはあった」

そうか、ここにあったのか、フィリップは当惑しつつも納得した様子でした。

ロシュフォード家をおそった不幸、二人の息子の死。由緒ある家系の没落。

「この宝石はモリスの形見なんです。どうすればいいのかしら」

「もちろんこれは君のものだ、大事に持っていなさい、と言いたいが、言い伝えを聞いてしまった以上、このまま持っているのも不安だろうから、双子石という因縁を取り払う意味で、知り合いの業者に頼んで違うものに作り変えてもらおう」

フィリップはそう言うのです。

エメラルドの方はモリスの兄がもらったのです。今ではその行方を知ることは出来ません。モリスの兄は海軍の軍人だったそうですが、戦艦の沈没で亡くなったので、双子石も海の底深く消えてしまったということでしょうか。

私はすべてをフィリップにまかせました。彼を心から信頼しています。今の平和な生活の中では、恐れることなどなにひとつありません。

双子石を作り変えてくれる業者はなかなか見つかりませんでしたが、それでも迷信などにはこだわらないという若い業者が引き受けてくれることになりました。私は思い切って指輪をその業者にゆだねました。

ところがなんということでしょう。その夜から私は高熱を発し、悪夢にうなされはじめたのです。あの「忘れられた部屋」に再び閉じ込められるという怖ろしい夢です。ひと晩中うなされつづけ、大声をあげ、その都度、フィリップと幼い百合子が心配そうにのぞきこんでいるのです。悪夢は三日三晩つづきました。

私は痩せ細り、もうこれ以上はとてももたないと、へたりこんでしまった矢先、指輪がもどってきました。見事に変身を遂げていました。サファイアのまわりをダイアが取り囲むようにちりばめられた美しいブローチになっているのです。思わず手にとって胸元に飾りたくなるような華やかさです。私は早速、ブラウスの胸に留めました。すると不思議なことに身体の中にゆったりと気力が満ちあふれてくるようなのです。私の顔に久しぶりに笑みがもどってきました。

フィリップもそんな私を満足気に見つめています。

それから、私たちは以前にも増して穏やかで、睦ましい日々を過ごすことが出来るようになりました。すべてフィリップのおかげでした。

でも、やはり私は幸運に見放されていたのでしょうか。それからしばらくして、フィリップは商談先のロワール河ほとりの、とある城に出ものの宝石を鑑定に出掛けたまま、帰らぬ人となってしまったのです。もともと心臓に持病があり、突然の発作に襲われたのです。その場所は、かつて私が地下部屋に閉じ込められた持ち主不明の城のすぐ近くでした。

私は再びおそった不運に嘆き悲しみましたが、常に身につけているブローチの輝きを目にすると、力が湧いてくるような気になれました。

フィリップ亡き後、店の経営はピェールの手に移りました。彼はまだ若く、同業者でもあるフィリップの弟が後見人として店を手伝うことになりました。もちろん私も今までどおりの手伝いはしました。

でも私は考えました。いずれ、ピェールも一人前になり結婚をする、ピェールはいい人だけど、その時の自分の立場、百合子の先行きなど、ずいぶんと思い悩みました。それに、自ら捨てたとはいえ、故国日本への愛着が今頃になって、日に日に募ってくるのです。本当に自分は身勝手だったと痛切に思いましたよ。フランスに渡って生死の淵をさまよう目にあったのも、そしてその結果、フィリップに出会い、平和な人生を手に入れたと思った矢先の彼の突然死です。人様はどう評するかわかりませんが、もとをたどれば、すべて私の愚かしさが招いた結果ではないでしょうか。唯一の救いは百合子を得たことです。

私は自分の思いを率直にピェールに話しました。ピェールは、

「父が死んでも、ずっとこの店をあなたに手伝ってもらうつもりだったんだ。でも、あなたが日本に帰りたいという気持ちがそれほど強いのなら、引き留めません」

そう言ってくれたのです。

私はピェールに心から感謝し、信用できる同業者を通して、大切なブローチを、お金に替えました。そうするのがいちばんいいと思えたのです。あの宝石はやはりモリスの居たフランスにあるべきなのです。想像以上の金額になりました。きっとフィリップが業者に依頼した時、ダイヤ

などの石を足して、価値を高めてくれたのかもしれません。日本へ帰る旅費、そして、百合子と二人暮らしていくには充分すぎるほどの額です。ピェールは「父はあなたと一緒になって、晩年は幸せだったと思う」そういって、百合子のためにと別にかなりの金額を手渡してくれたのです。

私は日本に帰りました。四年ぶりに見る日本はずいぶんと復興していました。街もきれいにとのいはじめ、池袋のあのごみごみとした闇市も姿を消しつつありました。

母は混血児を連れて帰国した私に驚き、混血児といっても百合子は、言わなければわからないほど、東洋系の顔しているのですが、一緒に暮らすのをしり込みするふうでした。私はもちろん、迷惑や心配をかけ通しの母や義姉と同居するつもりはありません。母と義姉に心配をかけた詫びのつもりで、古くなった実家を建てかえるためのお金を渡し、自分は自分で別の場所に土地を買い、百合子と暮らすための家を建てました。

そうこうするうちに、そこはやはり肉親です、母親も孫の百合子に会うのを楽しみにするようになり、私は、老いてきた母の面倒を見てくれる義姉に感謝しました。そして我が家のもうひとつの不幸といえば、出征して北支に行った兄はそれきりなのです。戦死の公報がきたのみで、遺骨も遺品もないそうです。

思えば、この戦争がどれだけ、個人の運命を変えたことでしょう。

私の物語はこれでおしまいです。長い時間、年寄りの話に付き合ってくださって、本当に感謝しますよ。そんなに意外な顔をなさらないでください。どんな人間にだって生きた時間分の物語はあるのですから。

千恵はいい娘になりました。どうぞ、末長く仲良くしてやってください。

★　★　★　★

日の早いこの時期、とっぷりと暮れた都心の夜景を眺めながら、千恵と婚約者の青年は、とあるレストランで向かい合っています。

「今日はお祖母さまの話に付き合ってくれてありがとう。きっと喜んでいらっしゃるわ」

そうねぎらう千恵にたいし、

「本当に驚いたよ、お祖母さまが、あんなふうに、とんでもない波乱万丈を生き抜いてきたなんて」

婚約者の青年は、まだ感動の覚めやらぬ、あっけにとられた表情をのこしています。

「あなたは合格したのよ」

千恵の唐突な言葉に、えっ、と青年は不審な顔をします。そして千恵は小さく笑いだします。

「つまりね、あなたは私の結婚相手として、お祖母さまから正式に認められたということ」

意味をはかりかねている青年に、千恵は言います。

「その顔はお祖母さまの話を、本当だと信じているわけね？」

「じゃあ、うそ？」

「もちろん、作り話よ、私の家は代々女系でしょ、婿に入ったお祖父さまも、お父さまも、まず、あの話に付き合わされたというわ、つまり、あのホラ話を聞いたことは、お祖母さまのお眼鏡にかなったというあかしなの。お祖母さまの心には、きっとあの時代に生きた、多くの女が経験した苦労を、なにかの形で吐き出したいという表れじゃないかと、私は感じているの、お祖母さまは悧巧なひとだから、ストレートに身の上話なんかしない」

「なるほどね、じゃあ、ロシュフォード家とか、ロワールの城は？」

「そんなの、フランス貴族の末裔まで探したってないと思うわ。お祖母さまがお金持ちになったのは、お祖父さまが、外地から引き揚げてすぐに、闇市で大儲けなさったからなのよ」

「でも、まるで、体験したような実感があったなあ」

と、まあ若い婚約者二人の、そんな様子が手に取るように想像できるのです。

これも、長く生き過ぎた人間の、数少ない楽しみのひとつでございましょうね。

七年の後

夢うつつに、何かを叫んでいる声で目が覚めた。

反射的に身を起こすと、いづみは柱時計に目をやる。障子越しのうす明かりの中、十一時をすこし回っているのが見えた。

いつもはこの時間、物音ひとつしない山里の夜更けである。となりの布団では、弟の祐司が小さい身体をまるめて寝入っている。

耳をこらすと、人声は多勢、土手の方向から聞こえてくるようだ。それも緊迫し、ただならぬ気配。いづみは急いで床を抜け出すと、隣室の母親に声をかけようとして、襖に手をかけたが、ふとやめる。この数日、母親は体調が悪く、起き上がるのも辛そうな様子。持病の肺結核が進行して、症状は予断を許さない状況であるのを、思い出したからである。

いづみはそっと縁側に出た。

ガラス戸もなく、雨戸も閉めない田舎家である。目の前に、黒々とした山並みが、覆いかぶさるように迫ってくる。闇の向こう、一〇〇メートルほど先の、小高い土手の上に、電車が停まっているのが見えた。土手の上は線路になっていて、二両連結の車体は駅方向を向いたままである。駅はもう少し先だ。

車体のまわりを、カンテラや提灯、懐中電灯など、いくつもの明かりがあわただしく動いている。

「轢かれたぞぉ……」

「××のおっ母らしいぞぉ……」

「赤ん坊もいるぞぉ、背中にくくりつけたままだあ」

「駐在には知らせたかあ」

切れ切れに、人の叫び合う声が聞こえてくる。

いづみは、ねまきの襟もとをかき合わせ、おそるおそる庭へおりた。一瞬、母親の寝ている部屋をふり返ったが、なんの気配もない。小走りに道路へ出た。湿った夜気が、あたり一面をほの白く霞ませていて、六月とはいえ、奥秩父の冷たい風が、時折、いづみのわきを吹き抜けていく。

ふと、風のなかになにかのにおいを嗅いだ気がした。密生した草叢のかもし出す、濃密で生々しいにおいに似ていた。思わず身震いがおこる。

電車が目の前に見えてきた。

電車の窓という窓からは、まばゆい明かりが、なにか不思議な発光物体のように闇に放射されている。人は誰も乗っていないようだ。

この地方を走る単線のT鉄道である。時間からして、下りの終電車であろう。

いづみは、はっぴや野良着姿の男たちの影が、電車の下をのぞいたり、棒のようなもので、なにかをつついたりしている様子を、息をつめてうかがった。

人が轢かれたのは事実のようだ。

誰だろう。いづみにはさっき誰かが叫んだ、××のおっ母ぁ、と言う声の、はっきり聞き取れなかったのが気になっていた。

あたりを見回しても誰もいなかった。

もっと近くにいってみようか、と思った時、土手の下方から電車めがけて駆け上がっていく人影があった。人影は小さく子供のようだった。

たちまち、男たちの制止する声が聞こえる。子供がなにか叫んだようだが、聞き取れない。

「駄目だ、寄るな、この朝鮮が……」

今度ははっきりと聞こえた。

そして、がむしゃらに突きすすもうとする小さな影を何人かが突き飛ばした。一瞬、なにも見えなくなったが、土手の下から再び這い上がる小さな姿があった。

いづみの全身を痛いほどの緊張が走った。

不安は的中した。江川良子ちゃんにちがいない。このあたりに住んでいる朝鮮人といえば、良子ちゃん一家しかいないのだ。とすると、轢かれたのは良子ちゃんのお母さんだろうか。

なかば人ごとのように見ていた光景に、突然、現実の色がさしてきた。人が轢かれたという強烈なイメージが、いきなり頭の中で炸裂した。気分が悪くなり、冷や汗が額ににじみ出てきた。気が遠くなりそうだった。

「身投げなんかしやがって、ひでえありさまだ、お父ぉはどこにいる？　ひょっとして、もう逃げたか」

男たちのそんな声が聞こえてきた。

昭和二十年当時、江川良子ちゃん一家がどのような経緯で、この村に住みつくようになったのか、誰も知らない。はじめはどこか農家の物置を借りていたらしいが、やがてそこに居づらくなったらしく、そこを出てからは、村を覆うように囲む杉山の奥に身をひそめながら住んでいた。

村人たちは彼等を村道などで目にすると、いかにも汚いものを目にしたというふうに、蔑みの視線を向けるか、あるいは、しっ、あっちへ行け、などとあからさまに侮蔑の言葉を浴びせかけるものもいた。

朝鮮人が何故そのような蔑みを受けるのか、いづみにはわからなかったが、もの心ついた時から、彼等は日本人より一段低い存在というふうに思いこんでいた。というより思いこまされていたのかもしれない。

いづみの父方の祖母は朝鮮の京城というところで、大勢の朝鮮人を使い、果樹園を営み、財を成したという。朝鮮人は使用人、そんな風潮が当時、いづみの周囲にはあふれていた。

とはいえ、江川良子ちゃんは、自分たちとなんの変わりもないし、第一、良子ちゃんは日本生まれの日本育ちだ。差別どころか、この村ではいちばんの仲良しといっていい。

三日前の夕方遅く、良子ちゃんは、いづみたち一家が借りている農家の離れを訪ねてきたばかりだ。良子ちゃんは土蔵の陰に身を隠すようにして、いつものようにいづみを小声で何度か呼んだ。いづみに会いにくる時、良子ちゃんは母屋の大家の小母さんに見つからないようにやってくる。

見つかると、

「こらっ、朝鮮なんかに用はないよ」

口汚くののしられ、野良猫かなにかのように追い払われる。

それでも良子ちゃんは時々遊びにやってくる。いづみの方も良子ちゃんが来るのを心待ちにしていた。

昨年、いづみは母親、弟の祐司、遠縁の馨小母さんの四人で、東京からこの村へ疎開してきていたのである。疎開者と朝鮮人という違いこそあれ、いづみと良子ちゃんはこの村ではよそ者であった。

東京から電車を乗り継いで二時間余と近い地域だが、疎開者は意外に少なかった。村の大半が山林と傾斜地で、米作はほとんどなく、麦と芋類が少々、あとは養蚕で桑畑が多く、食料事情に恵まれていないことが、要因のひとつかもしれない。

よその同士、という共通項よりも、いづみと良子ちゃんはとてもうまが合ったということなのかもしれない。二人とも五年生、安心して話が出来た。良子ちゃんはちゃんとした標準語を話す。標準語をしゃべることは、この村では異質の存在といっていい。学校の先生も方言で授業をする。いづみは担任の男教員に、最初、疎開っ子のおめえ、と名指しされて、ひどく侮辱された気がした。

それに良子ちゃんは海を見たことがある。

クラスでは実際に海をまのあたりにした子供はいない。ある大雨の後、道路をふさぐほどの大きな水たまりを見て、「海ってこれよりでかいべなあ」と言った村の子の言葉に、いづみは、驚きというよりショックを受けた。いくら海を見たことがないといったって、五年生ともなれば、海にたいしての知識や想像力があってしかるべきだろう。

以来、ただでさえなじめない村の子供たちに、ますます距離をおくようになったのである。東京に帰りたい、いづみの切なる願いである。

いづみも良子ちゃんもめったに学校には行かない。

でも朝、一応、家を出て誘い合い、深い渓谷にかかる吊り橋を渡り、さらに山道を登って、校門までは行く。

学校は山の中腹にあって、校門の前は広々とした野原である。そこが二人の遊び場であった。季節ともなると、青々としたクローバーがびっしりと芽吹く。ひやりとした植物の感触に胸をおどらせながら、四葉のクローバーを必死になって探した。村の子供たちは簡単に四葉のクローバーを見つけるのだが、不思議なことに二人はいくら探しても見つけたためしがない。

三日前に来た時の良子ちゃんは、いつもと様子が違っていた。笑顔もなく、両手に大きな包みをかかえ、小柄な身体がなんだか、がちがちに固くなっているようであった。あたりをうかがう目つきが、大人のように鋭かった。

いづみが小走りに歩み寄ると、

「これ……」

抱えていた包みを、いきなり押し付けてきた。

茶色の油紙のうえをよれよれの新聞紙にくるみ、重くかさばった包みである。押し付けられた包みに目をやったとたん、いづみは思わず取り落としそうになった。

新聞紙にはべっとりと血がにじんでいる。

驚いて尻込みするいづみに、

「しっ、牛の肉なの、誰にも言っては駄目、お母さんに食べさせてよ。元気になるから」

良子ちゃんはいづみの耳もとで声をひそめる。

「どうしたの、これ？」

おもわず聞いた。

「大丈夫、心配することないよ」

心配ないと言われても、いづみにはどうしていいのかわからない。良子ちゃんの顔を眺め、包みを見下ろし、眺めているうちにだんだんと得体のしれない不安が募ってくる。

血だらけの牛肉の塊りなんてはじめてだった。なにかよくないことが背景にあるらしいことは、いづみにも想像できた。今時、こんな山奥に、普通の経路で牛肉が出回るはずもない。

「ねえ、食べて、おいしいんだから」

良子ちゃんがせっつくように言う。

食べて、と言われても実感が湧かない。いづみの知っている牛肉は、東京にいた頃、月一回、父親の給料日に食べるすき焼きの、竹皮に包まれ、薄く赤い色をした肉の切り身であった。その父親も現在軍属で、南の島に行ったままだ。

手ざわりから、肉の塊はかなり大きいようだ。

押し付けられた包みを抱え、当惑するいづみの目線の先、土蔵のはずれに、身をひそめるようにして立っている人影があった。人影は男のようだった。いづみと視線が合うと、男は痩せた身体を折るようにして、深々と頭をさげるのだった。良子ちゃんの父親だった。

いづみも思わず頭をさげながら、ひどく切羽詰まった気持ちにおそわれてくる。以前、いづみの母親が、遊びにきた良子ちゃんのあまりに粗末な衣服を目にして、いづみのために縫った上着やもんぺ一式を、良子ちゃんに持たせたことがあった。けれど、良子ちゃんがその衣服を身につけているのを、いづみは目にしたことがない。きっと町で、いくらかの食物と換えたのじゃないかと、同居する馨小母さんが言っていた。

馨小母さんはいづみの父親の従妹にあたる。東京女子高等師範学校を出ていて、とても物知りで、それでいて子供のように無邪気で、弟の祐司とむきになって喧嘩することもある。いづみはそんな馨小母さんが好きだった。

包みをいづみに渡すと、良子ちゃんはほっとした様子である。

そして、

「しばらく会えないから」と言った。

「なんで？」

問い返すいづみには答えず、一瞬、上目遣いにいづみを見ると、良子ちゃんはそそくさときびすを返した。夕闇の中、大小二つの影がよりそうように消えていくのを、いづみはただ眺めていた。

いづみが抱えてきた肉の包みを受け取った馨小母さんは、

「素敵、こんなご時世に天からの授かりもの」

と無邪気に大喜びをした。

母親の方は、赤黒い血のかたまりが、牛のあばら骨にこびりついているさまに、最初、眉をひそめたが、やがて馨小母さんが食べやすいように薄くさばいてくれると、

「良子ちゃんの好意、あれこれ考えないで、ありがたくいただきましょうか」

などと言いはじめた。

「焼くとあたりに、におうから煮てしまおう」

馨小母さんはそれなりに、こまかい気づかいをみせる。

煮込んで、皿に盛った肉を、弟が真っ先に頬張り、おいしい、おいしい、とはしゃぎまわるのを眺めつつ、いづみも久々のご馳走を夢中で食べたが、良子ちゃんの緊張した様子や、どうして牛肉が突然現れたかが、気になって、落ち着かない気分におそわれてくる。

かろうじて電気の通っているこの村にも、灯火管制はあり、薄暗い電灯のもと、母親も馨さんも、それぞれの思いに沈むように、いつのまにかだまって箸を動かしている。

ともかくそんなふうにして牛肉は家族のみんなにとって、たいへんなご馳走になったのである。

そして翌日、いづみは庭先で大家の小母さんが近所のおばあさん相手に、声高に話している言葉を耳にした。

「隣村の××の牛が盗まれたってよ、すぐに駐在に届けたのが、ついさっき、河原が血だらけな

のを、誰かが見つけたとさ、牛の血に間違いないと駐在が言っておると」

やはりよくない想像はあたっていた。食べてしまった自分も同罪にちがいない。恐ろしかった。いづみは庭に面した障子をあわてて閉める。

この地方では家畜を屠殺する場合、大鉈を使うという。

いづみは、身体を折るようにして、深々と頭を下げていた良子ちゃんの父親が、恐ろしい形相で大鉈をふりあげ、牛を倒すさまがいやおうなく目に浮かんできて、身体がふるえそうだった。いてもたってもいられない気分で、いづみは裏で洗濯をしている馨小母さんに告げにいった。小母さんも似たような想像はしていたらしい。

「死ぬか生きるかなんだよ、あの人たち。それにしてもなんてことだろう、切ないねえ」

「うちだって牛肉、食べたのよ」

いづみの言葉に馨小母さんはなにも答えず、黙っていづみの頭をなでるのだった。そして、

「良子ちゃんとこの赤ん坊、今、死にかけているらしい、隣村の医者にかけこんだけど、診察断られた、そんなうわさ聞いたよ、ひどい話だ」

吐き出すように言う。

そして、今夜、轢死事件が起こったのである。

翌日、いづみは誰にも告げずに、良子ちゃん一家が住んでいる山の中に行った。何に使われて

いたのかわからないが、木立のちょっとした平地に、かろうじて屋根のついている廃屋が、良子ちゃん一家の住まいだった。そこにいづみは何度か訪れたことがある。

薄暗い杉林に囲まれたその場所はひどい有様だった。

屋根は落ち、扉は放り投げられ、ひしゃげた鍋や、壊れた茶碗や、ぼろ布など、生活用品の残骸が散乱していた。

誰かが襲ったとしか思えない惨状であった。

あたりは静まりかえっている。

梅雨の晴れ間だった。澄んだ空気が吹き抜けて、あちこちに木漏れ日が舞っている。

いづみはしばらく立ちすくんでいた。風がふと足もとのなにかをはためかせた。破れたノートの切れ端だった。漢字の練習帳らしく、良子ちゃんの几帳面な文字が、ひらひらとはためくページからかいま見えた。

不意に身体の奥から強い感情が突き上げてくる。

ひどい、何故、良子ちゃん一家はこんな目にあわなければならないのだろう。死にかけても医者に診てもらえず、お母さんは赤ん坊を背負って電車に飛び込んだ。良子ちゃんはいつもおびえていて、お父さんは他人の牛を殺さなければならないほど追いつめられていた。

わからなかった。ただ、途方もない違和感に、いづみは呑みこまれていた。

奥秩父の村で終戦をむかえてから、七年の歳月が流れた。いづみは高校三年生になっていた。住まいは、東京郊外。父親の勤務する会社の社宅がそこにあり、父親と弟の三人で暮らしている。母親は終戦の直前に疎開先で病死していた。

いづみは毎朝、中央線に乗って新宿に出る。いったん駅の外に出てから、都電乗り場へと向かい、万世橋行きの都電に乗って、牛込にある高校に通う日々であった。

都電乗り場近くに、紀伊国屋書店があった。

その日は土曜日で授業も午前中に終わり、いづみは参考書を買うため、新宿で都電を下りると、書店に向かった。紀伊国屋書店は大通りから細い路地に折れ、十数メートルほど入った突き当たりにある。

路地の入口に、小さな犬屋があった。いつものように、いづみが路地を曲がろうとすると、犬屋の店先にいつになくたくさんの子犬がいるのに気がついた。春先に生まれた子犬たちなのだろう。なんともいえない愛らしさだった。いづみは思わず足を止め、大型の格子の中でじゃれあっている子犬たちを眺めた。

土曜日の新宿は人の波である。

初夏を感じさせる強い陽射しが、道行く人々の群れに降り注ぎ、いづみの肩先に、時折、人がぶつかって通り過ぎるが、いづみは気にもとめず、子犬たちに見とれていた。

ふとその時、いづみは頬に視線を感じた。その視線はずいぶん前から感じていたような気がする。

顔をあげると、二、三メートル先の人混みの中、濃い化粧をした派手な身なりの若い女が、じっとこちらをうかがうように眺めている。

見覚えのない顔だった。けれど、いづみを見つめているのは確かなようだ。

誰だろう？　と思ったとたん、脳裏の奥でなにかがはじけた。

江川良子ちゃん！

いづみの表情の変化を見てとると、女は足早に近づいてきた。

「やっぱり、いづみちゃんだったのね」

濃いアイシャドウの目がのぞきこんでくる。くっきりとアイラインで描いた目が、まるで人形のようだった。

思いがけなかった。本当に良子ちゃん？　いづみは奇跡を見たように、自分の目を疑っていた。

「驚いたわ、なんて偶然なの……でも元気そう」

やっと言った。

「生きてないと思った？」

「まさか、そんな……」

あわてて否定した。

けれど、その言葉はいづみの心のある部分を言い当てたといっていい。

いづみは折にふれて、奥秩父での生活を思い起こすことがある。もちろんそれは、疎開先の仮住まいで病死した母親の記憶が根底をなしているのだが、その記憶のなかには良子ちゃんも居た。良子ちゃん一家をめぐる悲惨な出来事の数々は、戦争が終わって七年経った今でも、時としていづみのなかで息を吹き返してくる。そんな時、いづみは、胸の奥にあわててふたをする。良子ちゃんが無事であろうはずがない……。

良子ちゃんは、いづみの様子に、しげしげと目を走らせ、

「学校の帰り？　久しぶりに会えたんだから、どこかでおしゃべりしない？　おいしいケーキの店、知っているから」

と誘ってくる。

夢を見ているみたいだった。いづみは今、良子ちゃんの華やかな姿に、彼女のなにげない口調に圧倒されていた。

けれど、いづみは躊躇した。新宿のような盛り場で、書店以外に寄り道をしたことがない。それに財布の中には参考書代しかはいっていないのだ。

「いろいろ話したいのはやまやまなんだけど」

いづみは歯切れが悪い。

「大丈夫よ、誰かに見つかったら、従姉ですとかなんとか言い訳してあげるから」

いづみが躊躇しているのは、校則違反を気にしている、と思ったのか、良子ちゃんは平気、平気、というようにうなずいてみせる。そんないづみを、良子ちゃんは、まかせてと、引っ張るようにして、裏通りにある喫茶店に連れていった。

ガラス張りの贅沢な雰囲気の店であった。こんなところ初めてだった。困惑し、居心地悪げに座るいづみの前で、良子ちゃんは紅茶と、生クリームのたっぷりのった苺ケーキを、なれた様子で店員にオーダーをする。誰が見たって、いずみより年長者と思うだろう。

いづみは胸元に校章をとめた、紺色の制服姿の自分をひどくやぼったく感じ、恨めしく思う。店内にはジャズが流れ、さまざまな身なりの客がいるが、当然のことながら、いづみのような学生は一人もいない。

高校生なんだね、と改めて問いかける良子ちゃんの言葉にいづみは、

「良子ちゃんは？」とたずねてみる。

「まあ、いろいろよ。遠い親戚がね、新宿で手広く店やってってね、とりあえず、そこが私の居場所」なんとなく曖昧な口調であった。

「ずっと東京？」

「そう、父親が死んでからはね」と言う。

後になって、良子ちゃん一家が、奥秩父から姿を消した時、村人に襲われた父親が瀕死の重傷を負った、といううわさをいづみは聞いたことがある。それがもとで、亡くなったのだろうか。

いづみは黙って良子ちゃんの顔を見つめた。

ねえ食べてよ、運ばれてきた紅茶とケーキを、良子ちゃんに言われるままに口にした。ケーキはとろけるように美味しかった。

おいしい、と思わず口にして、紅茶とケーキをかわるがわる口に運びながら、なにか話さなければ、とあせる。けれどなにを話していいのか思いつかない。肝心の良子ちゃんは、ケーキを食べながら、いつのまにか黙り込み、何故かあらぬ方を眺めたりしている。

気づまりな空気が二人の間に立ちはだかる。

「良子ちゃん、あれから、村に行った？」

なにか言わなければという、強迫めいた思いが口をついて出た。言った瞬間、なんて馬鹿なんだろう、と気がつく。こんなこと聞くべきではない、と思ったが、遅かった。

いづみは戦後になって、村に一度行っていた。村で死んだ母親の遺骨の仮埋葬したのを、父親と受け取りに行ったのである。その時のことが、つい脳裏をよぎったまま口にしたのである。

「行ってない」

良子ちゃんはそう応じたが、なんの感情もこもっていない。むしろつまらなそうな口調だ。

そして、唐突に、

「いづみちゃん、あれから四葉のクローバー見つけた？　一生懸命探したよねえ、あの頃」と言うのだった。

言われてみて、いづみはそんなことすっかり忘れていたのに気がつく。

「見つけていない」と答えた。

「そう、いづみちゃんが見つけられないんだから、私に見つかるわけないよね」

そう言うと小さく笑った。良子ちゃんが笑いながらも、目の奥が醒めているのに気が付く。やっぱり良子ちゃんだ、その表情を眺めて、いづみは、子供の頃の良子ちゃんと重ね、妙に安堵する。

「ケーキもうひとつ食べる？」

良子ちゃんが、からになったいづみの皿を見て言う。

ケーキは口の中でとろけていくつでも食べられそうだったが、いづみは、もう、たくさんよ、と遠慮する。

「のど乾いちゃった、ソーダ水でも頼もうかな」

良子ちゃんが言い、ウエイトレスに向かって手を挙げた。

その拍子に柔らかそうなピンクのブラウスの袖がまくれて、腕が少しむき出しになった。青白い素肌に茶色の斑点がいくつか浮いてみえる。きれいなブラウスのなかの腕に、しみのような斑点はひどく不似合で醜くかった。

いづみの視線に気が付いた良子ちゃんは、あわてて隠したが、

「ヒロポンの注射あと」と、どこか居直った態度で、しかし声はささやくように小さかった。

いづみは衝撃を受けた。良子ちゃんのなにもかもが想像を超えている。

ヒロポンという名前ぐらい、いづみも知っていた。

「怖い薬なんでしょう？」おそるおそる聞いてみる。

「でも、私の必需品……」

「やめられないの？」

「やめない」

「どうして？」

「さあね」

良子ちゃんは素っ気なく応じ、一瞬、刺すようなまなざしで、いづみを見た。

帰らなくてはと、いづみは思った。悪いことをしていないのに、だんだん罪深い気持ちにおそわれてくる。とにかくここから出たかった。

「帰るわ」と言って立ち上がろうとするいづみに、

「ちょっと待って、私も途中まで行くから」

運ばれてきたソーダ水を良子ちゃんは急いで飲み干すのであった。

出来ることなら、良子ちゃんと別れたかった。けれど、彼女は雑踏の中、いづみの脇にぴたり

と寄り添ってくる。そして、

「ねえ、ちょっと付き合ってくれる？　すぐだから」

と、いづみの帰る方向とは別方面に歩を進める。いづみは不安だった。でも良子ちゃんを振り切って帰ることが出来ない。

「何処へ行くの？」

「いいから、まかせて」

良子ちゃんは、どんどん裏通りの方向にいづみを連れていく。そのまま十分ほど歩いた。道の両側は、いつのまにか、いづみの知らない町並みになっていた。

やがて、ここよ、といって立ち止まったのが、一軒の輸入雑貨の店の前である。紅白の布地が日よけがわりの、露天に近いかまえだったが、店内にはこぼれ落ちそうなほどの、化粧品、装身具の山である。

香水、口紅、マニキュア、ブローチ、スカーフ、さまざまな品物がところ狭しと並べてある。それらの発する人工的なにおいや、輝きが路上まであふれ出ている。

良子ちゃんはなれた様子でつかつかと奥に進み、棚の一角に並べてある品物を物色しはじめた。あれこれ選んではにおいをかいだり、ふたを開けたり、店の主人に値段を確かめたりしているようだった。

いづみは所在なく、あまり柄の良いとはいえない界隈に背を向けるようにして、良子ちゃんの買い物が終わるのを待った。早く書店に行って、用事を済ませたかった。

「いづみちゃん、ちょっと」

不意に良子ちゃんが呼んだ。

「この色どう？」

一本の口紅を手にしていた。いかにも外国の製品らしい金色の凝ったケースである。

いづみは今まで口紅を買ったことも、塗ったこともなかった。

だから、どう？　と言われても見当がつかない。

当惑顔のいづみに良子ちゃんは、

「この色、似あうと思うよ、いづみちゃんにプレゼントする」

口紅ケースのふたを開け、つややかにひかる紅の棒を、いづみの前につきつけた。

「まさか、そんな」

いづみは驚いてあとずさりする。良子ちゃんはそんないづみにおかまいなく、店の主人に口紅を包ませると、いづみの手に押し付けてきた。

「やめてよ、こんな高いもの、第一、私、口紅つけないもの」

「来年卒業でしょう？　それに夏休みとか、そういう時につければいいじゃない」

「卒業しても多分、使わないかも……」

しどろもどろに答えた。

いづみは受験するつもりでいた。大学に入ったら、服装も髪型も自由になる。化粧ぐらいしようと、ひそかに考えてはいた。けれど、いづみはそのことを今、口にするわけにはいかないと思った。ひとにはひとの生活がある。子供の頃も、良子ちゃんとの間には、宿命的な差はあったが、それを乗り越えられるだけの怖いもの知らずと、無邪気さと、柔軟さがあった。でも今は違う。

「もしかして、いづみちゃん、大学にいくの？　でもさ、今どきの女子学生、きれいに化粧しているじゃない、だからこの口紅使ってよ。フランス製よ」

と言うのだった。いやもおうもなかった。

ともかく口紅は半ば強引に、いづみの手におさめられたのである。一方通行の釈然としない贈り物とはいえ、いづみは受け取ってしまった。受け取らざるを得なかったといえる。ケーキをご馳走になった負い目ばかりではなかった。うまく説明できないが、いづみの中には、良子ちゃんと出会ったことによって、もっと重いものを背負わされた気がした。

「良子ちゃん、今、何処に住んでいるの？　住所教えて」

それにしても礼状ぐらい書かねばならない。いづみはたずねた。

すると良子ちゃんは、口元をきゅっとひきしめ、いづみをじっと見つめた。

「私に家がないの、いづみちゃん昔からよく知っているじゃない」

とっさに意味をはかりかねた。いづみは戸惑い、問いかけるように良子ちゃんを見た。けれど良子ちゃんはそれ以上何も言わず、大人びた表情で、うすく微笑んでいる。

やがていづみは唐突に悟った。

良子ちゃんは、いまだに過去にしばられたままでいるのだ。

いづみと思いがけず再会したことで、彼女のなかには、忘れようにも忘れられない忌まわしい過去が息を吹き返してきたのかもしれない。高校の制服を着て、まだ世の中をろくに知らない無知で無邪気な、かつての友達が目の前に現れた。当たり前な生活を当たり前のこととして享受しているように見える友にたいして、いわれのない憎悪をかきたてられたのかもしれない。

良子ちゃんは過去の理不尽な差別によって、家族のすべてを、そして、あまりにも多くのものを失った。

いま、いづみを前にして、なんでなの、どうして！　と胸のなかは、そんな叫びが渦巻いているのかもしれない。せめて今、自分の気持ちの証しとして、ひどく屈折してはいるものの、自虐的に自分を見せびらかせ、わざと高価な口紅をいづみに押し付けた。そうすることによって、いづみを通して、世の中の不条理に仕返しをしようとしたのかもしれない。

良子ちゃんはそんな接し方しかできなかった。

あたりは相変わらず人の波である。

夕暮れにはまだ早いが、二人が立っている道の奥には、灯のともりはじめた何軒かの店の連なりがある。道幅は五、六メートルと広くはないが、道の入り口からわかるのは、普通の繁華街とは雰囲気がなんとなく違っていることであった。

良子ちゃんはいづみを引っ張るようにして、あごをしゃくると、

「ここが私の居場所よ」

と言った。

道の両側の店にはそれぞれに「春灯」とか「夢の里」とか軒先に店名が書かれてあり、格子や、のれんがしつらえてある。さまざまな色合いの明かりが灯りはじめていた。店先のところどころにはスカーフを首にまいたり、派手な身なりをした何人かの女たちが煙草を吸ったり、おしゃべりをしたりしている。

いづみは胸をわしづかみにされた気がした。足がふるえてくる。いくら世の中のことにうといい高校生のいづみにも、まのあたりにするその光景がどんな場所であるか、察しがつく。

いづみは良子ちゃんを正視できなかった。

「良子ちゃん、ごめん……」

声に出してそう言うと、いづみは人混みのなかを駆け出した。

何にたいして、誰にたいして、ごめん、という言葉を投げたのか、いづみにもわからなかった。後を振り向かなかったが、良子ちゃんの視線がいつまでも背中に張り付いているような気がした。

山里にて

1

埼玉県秩父郡F村字白山は、三方を針葉樹の山々に囲まれた起伏の多い、平地の少ない集落である。村の中央を荒川の渓谷がえぐるように深く蛇行して流れ、かつて養蚕が盛んだった時期には、桑畑が川の斜面に沿って一面に植え込まれていたが、野菜や陸稲など食料の生産につながる土地は、山間にわずかに点在しているだけであった。

昭和二十年当時、東京から電車で二時間余という近い距離にもかかわらず、この地への疎開者が意外に少なかったのは、そういった食料の調達しにくい事情にも原因があったのかもしれない。

そのF村字白山に前年の夏、いづみたち一家は知り合いのまた知り合いという遠いつながりを頼って、農家の離れを借り受け疎開してきた。

三月も中旬のことである。

うすら寒い曇り日の午後、庭のはずれから段々畑へと、なだらかにせり上がって続く杉山が巨大な墨絵のように重く沈んで見えている。こんな日は朝から母親の雪江の調子が悪い。昼食にいづみが作った水っぽいお粥を食べた後は、ずっと床に伏せたままだ。雪江は肺結核を患っていて、病状はかなり重篤である。

襖を隔てた隣の部屋で、いづみは寝ころびながら本を読んでいた。東京から運んだ荷物の大半は、ほどきもせず大家さんの土蔵に入れたままになっており、読みたい時はそこからひっぱり出してくる。

今、読んでいるのは『女工哀史』だ。伏字の多い本で、ページをめくるごとに、×字で行が何列も隠されていたり、熟語だけが×字になっていたりで、なにが書いてあるのか見当もつかないことが多い。

それでも読んでいるのは、以前、この本を持ち出した時「子供が読むものではない」と母親に取り上げられてしまったことがあるからだ。なんでよ、とその時、口返答したけれど、母親は説明に困ったように黙ってしまった。それがかえって好奇心をそそり、だから、さっき土蔵でこの本を見つけた時、いづみはしめしめと、ひそかに胸をはずませたのである。

なにか秘密が、きっとすごいことが書いてあるにちがいない。たとえば男と女の、口では言えないひそひそ話とか、ともかく期待に胸がどきどきした……。でも、本の題名からそうばかりとは思えないが、大きな声ではしゃべれない何かがそこには綴られている……。

今日も学校を休んだから時間はたっぷりあった。母親はいづみが何を読もうと、もう叱る気力もなくなっている。寝ている布団が驚くほどぺしゃんこで薄い。いづみはそんな母親の姿が信じられなくて、目をそらしてしまうことがしばしばある。

けれど、気がつくといつも母親のことを考えている。今もそうだ。襖越しに、時折聞こえてくる寝息に耳をそば立てている。寝息が無意識のうちにいづみの不安と重なっていく。

読みはじめると、本の内容は想像していたのとはまるで違い、とても難しかった。期待していたような話とはほど遠い。工場組織とか、女工募集要項とか、給金の受け渡し、労働条件など、いづみにはわかりにくいことがこまごまと書かれてある。

とはいえ、大ざっぱながら読み進むうちに、いづみは次第に引き込まれていった。内容はもちろん紡績工場で働く女工たちの話である。十二、三歳の、いづみと同じぐらいの女の子までが、親もとから仲介屋の手に渡り、劣悪な待遇の工場で日夜、働きづめにされる。機械で指を落としたり、火花で顔面大やけどを負ったりと、危険な仕事が多い。ろくに休憩もなく、少しでも怠ければ主任にこっぴどく怒鳴られる。そんな様子をいづみは息をつめながら読んだ。

いづみはいま、「工場における女工の××（虐史）」という章を読んでいる。「女工の××」とは何を指すのだろうか。

「少女工をそのフレームの中に入れて機械を掃除させるのであった」

「まっすぐに高速度に流れるベルトは、ちょっとでも手を触れれば、たちまちいかって、むすぼれ易い。この時××（体を）巻き上げられるのである……」

など、危険な作業を想像させる箇所が具体的に書いてある。疲れ切ってぼんやりでもすると殴られる。殴られて転げた拍子に機械の歯車に巻かれて死ぬこともあるらしい。

「工場は××（地獄）よ、主任は鬼で、廻る運転、火の車……」

「寄宿流れて、工場が焼けて、門番コレラで死ねばよい……」

そんな小唄も書いてある。

いづみはいつのまにか夢中で活字を追っていた。けれど、いづみには、何故この本を読んではいけないのか、何故×字で隠してあるのか、という核心の部分が理解出来ない。

女工たちはこんなにもむごい目にあい、家に帰りたい、母親に会いたいと願ってもなかなか許されない。それはいったいどんな気持ちなのだろう。ひどすぎる、胸をふさがれるような怒りがたぎってくるが、いづみには想像することが出来ない。本から目を離すと母親と隔たっている襖に目をやる。ぼやけた襖絵の向こうから不意に悲しみが押し寄せてきた。

隣室からはことりとも音がしない。最近は母親の寝息にも力がなくなってきた。

お母さんはもうじき死ぬ。

そのことは日々の呼吸のように、いづみの意識の中に流れこんで離れない。東京から時々やってくる、母方の伯父や叔母もあからさまには言わないが、雪江が夏まで持つかどうかを懸念している。まだ東京にいた一年ほど前、母親は肺門リンパ線と診断された。

「大したことないみたい、ちょっとした影だから、とりあえず心配することないの」

レントゲンの結果がわかった日、母親は日常の些事を話すように言った。けれど、いづみはショックを受けた。親戚や知人で、肺を病んで死んでいった人はずいぶんいる。その誰もが最初、きまって「大したことない」であった。そう言いつつみんな死んだ。

母親の病名を知ってから、いづみの心のうちは少しずつ変わっていった。

毎日学校に行き、防空訓練をし、豆かすご飯と、あひるの脂肉汁の給食を食べ、友達と遊び、弟の祐一をかまっていても、熱中できなくなった。いっとき夢中になっても、いつのまにかぼんやりと、あらぬ方に目が行っている。意味もなくじっと地面を見つめたりした。

日常生活も大きく変わった。父親が勤務していた鉄道省を辞し、軍属でジャワに行った。そしてまもなく、東京では駅周辺や幹線道路沿いで、建物の強制立ち退きが行われ、小学校では集団疎開が開始された。

母親の希望でいづみは集団疎開には行かず、縁故疎開でこの地にやってきたのである。母親の雪江、いづみ、弟の祐一、手伝いの遠縁の娘みつやの四人であったが、みつやは、まもなく福島の実家に帰っていった。国許の親が病気の感染を恐れて連れ戻したのである。男手のない一家あげての疎開が無理を強いたのかもしれない。村に来てからの母親はめっきり弱った。疲れやすくなり、大儀そうに肩で息をし、不意に胸に手をやってはしばらくの間、うずくまるようなこともあった。

けれど、いちばんの懸念、食料調達は贅沢をいわなければなんとかなった。呉服屋を実家にもつ雪江は、嫁ぐ時、かなりの衣装を持ってきていた。それが物々交換に大いに役立ってくれたのである。

とはいえ、いづみの日常はあまり楽しくなかった。疎開して以来、ほとんど学校に行っていない。どうしてもなじめないのだ。ランドセルを背負い、ズック靴を履いての登校が土地の子供たちの好奇の的になった。ほとんどの子供が布製のかばんか、風呂敷を持参し、履物は藁草履か裸足である。

朝、校門の付近で何人かが待ち構えている。いづみの顔を見ると、わっと取り囲み、ランドセルをさわったり、引っ張ったりしながら、疎開、疎開……とはやしたてるのだった。担任に言うと、一応はたしなめてくれるが、それが度重なるにつれ「疎開もんは目立つからねえ」とあまり取り合ってくれなくなった。クラスに疎開者はいづみだけであった。

時々は気のいい地元の子が声をかけてくれ、一緒に遊ぶこともあったが、なにかの拍子に「あんたの母さん肺病だってねえ」などと言われ、どきっとすることもある。けれど、不思議なことに、村の人たちは結核をそれほど恐れていない様子、地域に結核患者が少ないせいなのかもしれない。

村に来る前、田舎は空気もいいし、住んでいる人たちも親切で純朴と、誰もが言っていた。だけどそんなの大嘘……。頼みの綱の母親は弱る一方だし、弟は頼りにならないし、土地の人たちは自分を避けるふうでもあるし、いづみはだんだんと家にこもる日が多くなった。

隣室は相変わらず静かだった。

また熱が出たのかもしれない。母親の様子を見にいこうと、いづみが立ち上がった時、庭先で人の気配がした。そしてすぐに、

「ごめんください」と女の声。

障子を開けると、目の前に人が立っていた。縁側はガラス戸のない造りだったから、庭先に人が訪ねてくると、いきなりという感じになる。

浦崎馨さんだった。幼い息子の手を引いている。思いがけない人間を前にして、いづみは目を見張った。

「馨おばさん?」と言ったままあとが出てこない。

二人ともひどい格好だった。よく見ないと誰だかわからない。汚れきった顔と衣服。落ち窪んだ目が異様に光っている。髪の毛を無雑作に束ねた馨さんは、もとの形もさだかでない服を着て、布製のずだ袋を大事そうに抱えている。息子の徹はかぎ裂きのあるリュックを背負い、防空頭巾の奥から、小さな目が用心深げにこちらを見つめている。

戦時下とはいえ、ここは空襲もない山深い村である。白い土蔵や、薪束を積んだ物置、といった一見のどかな農家の庭先に、二人の姿はひどく場違いであった。

隣りの障子が細く開き、雪江が顔をのぞかせた。雪江の顔を見るなり、馨さんは「ああ」と小さく悲鳴のような声をあげ、縁側に両手をついた。

雪江も驚いた様子だった。這うように座敷から出てくると、しばらく馨さん親子を見つめていたが、すぐに事情を察したらしい。二、三日前に東京から来た伯父が「下町が全滅だ」と空襲の話をしていた。馨さんは向島に住んでいたのである。

「なんと言っていいのか……、大変だったのねえ、でも無事でよかった……」

「ありがとう、生きているのが不思議なくらい……、倒れている人を踏みつけながら、火の中、徹を背負ってひたすら走った、夢中だった、とても口では言えない」

そして、

「いきなり押しかけてすみません。迷惑なのはわかってます。あちこち知り合いを回ったんです、でもどこも駄目……。ほんの二、三日でいい、かならず住むところ見つけます。今夜はここでいい、この縁側で寝かせて……」

拝むように懇願した。

雪江の顔には困惑の色が浮かんでくる。

「そうねえ、なんとかしてあげたいのは山々だけど、私はこのとおりの身体だし、手伝いのみつやは田舎に帰ってしまったし、あとはいづみと祐一だけなのよ」

「私、なんでもします。洗濯、掃除、買い出し、ごはんの支度、雪江さんの看病だってするわ。

それにお米も少しある、うどん粉も……」

せきこんでそういうと、馨さんはずだ袋の中から、新聞紙にしっかりとくるんだ米を取り出し、

「いづみちゃん、今夜これ炊いて食べよう」

と、手招きするのだった。そんな様子は、東京にいた頃、たまに遊びにきては元気にしゃべりまくる向こう気の強い、以前どおりの馨さんだった。いづみは幾分ほっとした。

縁側に横座りして、大儀そうに馨さんを眺める雪江の表情には諦めの色がただよっている。きっぱりと断る気力もないのだろう。いくら焼け出されとはいえ、雪江には馨さん親子を引き受ける筋合いはないといっていい。馨さんは、いづみの父親の従妹にあたる人だが、特に親しい付き合いがあったわけではない。たまにやってきては、戦争や世の中のことについての憤懣を激しい口調で言ったりした。父親も母親も彼女をあまり歓迎しなかった。

不意に雪江が声を落として聞く。

「浦崎さんは？……」

とたんに馨さんの顔が暗くなり、真剣味を帯びる。

「わからないのよ、このところ連絡もない。しばらくは地下にもぐっているんじゃないかしら、命あってのことだもの」

地下にもぐって、と馨さんが言った時、雪江は、はっと息を飲むようにして、棟つづきの大家さん宅におびえたような目を走らせる。馨さんにつづいて、ご主人の浦崎さんも現れると思った

のかもしれない。

以前、東京の家に浦崎さんが一度だけ来たことがある。小さな会社に勤めているということで、手土産に民話の絵本をもらい、いづみや祐一に話しかける笑顔が吸い込まれるように優しかった。その時の印象がとてもよかったので、浦崎さんがまた来ればいいのにと、いづみは心待ちにしていた。

けれど、両親は浦崎さんの話題が出るとおし黙る。

やがていづみは、両親や親戚の人たちの言葉のはしばしから、浦崎さんが普通のサラリーマンではなく、サラリーマンはうわべの顔で、実は危険な考えを持っているグループに属している、ということを知った。危険な考えとはどういうものか、もちろんいづみにはわからない。ただあんな優しそうなひとが、実は恐ろしい別な顔の持主、そんな想像が、いづみの頭の中で勝手に増幅していく。いづみにとって考えも及ばない不可解さであった。

「静かねえ、ここが同じ日本だなんてうそみたい」

唐突に馨さんがのんびりとした声を出す。馨さんは頭の切り替えが早い。以前、父親が言っていたことがある。時代を間違えて生まれてきたんだあいつは。女にしておくのはもったいない、それが命取りにならなければいいが……。それに馨さんは頭もいい。東京女子高等師範学校を出ている。

雪江の諦め顔に馨さんはほっとした様子だった。

「恩に着ます、ありがとう。……徹、小母さんにお礼をお言い。今夜はたっぷりお湯を沸かしてお風呂に入れてもらおうよ、ここは空襲もないからね、山にでも行って薪を拾ってこよう……」

ひどい身なりも忘れたように呑気な声を出す。

いつのまにか祐一が徹のそばに立って、親子の様子を不思議そうに眺めている。馨さんの息子の徹は祐一よりひとつ下の四歳だが、利発な感じのする子供だった。顔に子供らしい表情がもどり、珍しげにきょろきょろとあたりを見回している。

いづみは内心、馨さんの来訪を歓迎した。家族がふえたみたいで身辺が賑やかになる。馨さんを土蔵に案内し、布団や衣服、日用品のありかを教えたりした。母親の指示で大家さんのおばさんにも引き合わせた。

「住む場所を探しているんです」という馨さんにおばさんは、心あたりを当たってみようと言ってくれた。

その夜は久しぶりに賑やかで豪勢な食事になった。

毎日がさつま芋とか、かぼちゃ、すいとん、そんな乏しい食卓に白いご飯が載ったのである。

「これにマグロの刺身か、せめて卵焼きでもあれば言うことなし」

馨さんは冗談を言ってはみんなの気を引き立てる。雪江の方は時々苦しげに胸を押さえるものの、馨さん相手にいつになく話がはずむようであった。

食後、物置にしつらえてある風呂桶にいづみが薪をくべていると、馨さんがやってきて、隣りにしゃがんだ。

「お母さん、大分悪いんじゃない？」小声で聞いてくる。

いづみが黙ってうなずくと、

「気の毒にねえ、……私、出来るだけの手伝いはするから。いづみちゃんは学校へ行った方がいい、家にこもっていては駄目。外へ出ればそれだけ世の中のことがわかってくる、戦争がどうなるかわからないけれど、どんな世の中になっても、ちゃんと自分の頭で物事を考えられる人間になるのよ。……いきなり居候がこんなこと言うのへんだけどね」

父母を含め、いづみは大人たちからいろいろ説教めいたことを言われたことがあるが、何故か馨さんの言葉は素直に耳にしみこんでくる。風呂釜の赤い炎に目をやりながら、いづみは久々に気持ちが落ち着いてくるのを感じた。しばらくそうやって炎を眺めていた。

やがて馨さんは唐突に、

「私、大家のおばさん、どうも苦手だなあ、好きになれそうもない」と言った。

いづみはびっくりして馨さんの顔を見た。自分の気持ちを言い当てられたみたいだ。いづみは時々、大家のおばさんを怖いと思う時があった。いつか雪江が、嫁いだ娘さんにでも、と新品に近い着物をあげたことがある。

「有難い、有難い」おばさんは赤ら顔をしわくちゃにして笑みくずれ、押しいただくようにして、母屋に持ち帰ったが、すぐそのあと、裏の井戸端で洗いものをしながら、脇を通りかかった祐一に、「あっちへ行け、この餓鬼が……」と険しい顔をして罵るのを目撃した。いづみにたいしても、笑顔の奥に狡猾さか見え隠れしているような気がした。

おばさんのそんな人柄に、違和感を抱きつつも、いづみは母親になにも言わなかった。だけどやっぱり馨さんは感じていた……。

「ごめん、よけいなこと言ってしまった、悪口はいけない」

共感をどう伝えていいかわからず、戸惑っているいづみに、馨さんはそう言い、大きなため息をつくと、急に両手を合わせた。

「ああ、君死に給うことなかれ……」

抑揚をつけて言い、夜空を仰ぎ見るのだった。黒々とそそり立つ山間の向こうには、さらに深い闇が広がっている。


このようにして、馨さん親子はこの村に住みつくようになったのである。

少し遠いが住まいも見つかった。大家さんのつてで、以前、何かを祀ってあったお堂だったのが、今は廃屋になっている小さな庵である。裏には井戸もあり、少し手を入れればなんとか住めそうである。

「上等、上等……」馨さんは、ぬけ落ちそうな床を、拾ってきた板で押さえ、ござを敷いた。電気がないので、松根油を麻ひもにひたし、ガラスびんに入れて明かりにした。真っ黒い油煙を手で払いながらも、馨さんは上機嫌だった。布団や衣類も雪江がわけてあげた。

四月の晴れた日、馨さん親子は引っ越していった。

歌を歌いながらみんなでリヤカーを押し、急な坂道でひと休みした時、馨さんが空を見上げながらいづみに言うのだった。

「十一歳か、いづみちゃんは……、可哀想だねえ、子供の時の苦労はためになるって言うけれど、そんなことないよ。苦労なんてしない方がいいにきまっている」

「どうして?」

「人間いろいろタイプがあるからねえ、私の思い込みかもしれないけれど、苦労すると素直にものが見えなくなって、幸運を摑みそこねてしまう人間だっているんだ」

馨さんの言う意味はもちろんわからない。

「まあ、大人になったら、私の言ったこと思い出して、納得する時がくるかもしれない……」

そう言って馨さんはふっと笑った。なんとなく寂しそうな笑顔だった。

その日は引っ越し祝いだからと、みんなでうどんを打つことにした。卓袱台の足を折り曲げて台にし、練った粉のかたまりを載せて布をかけ、両足で踏みつけた。適当な固さになったところで馨さんが麺棒で薄くのし、幾重にもたたんでから包丁で細かく刻んでいく。それを豆粒の浮いた塩気の多い味噌で干し大根やさつま芋の蔓と煮込む。口のなかに蔓の苦味が残ったが誰も気にしなかった。雪江のためにと、どんぶりに分けて持ち帰る。

いづみたちの住まいの裏側は桑畑だった。その先は荒川渓谷へとつづく険しい崖である。桑畑のはずれから、はるか川の向こうに、馨さん親子の住む庵がぽつんと木立の中に見え隠れしている。

天気の悪い日はすっぽりと霧に閉ざされ、川の音だけがごうごうとひびいてくるのだが、日が暮れると灰色の闇の中、オレンジ色の灯が小さく揺らめいているのが見える。他にはなにも見えない。いづみはその小さな灯をなにかの頼りのように、じっと眺めていることがある。

馨さんは一日おきぐらいに、川向うの住まいから、吊り橋を渡ってやってくる。洗濯、掃除、蒲団干しなど、家事の大半を引き受けてくれた。

なんでもします、とあちこちに宣伝し、頼まれれば農作業もこなし、いくばくかの食料を手に入れたりした。

いづみは相変わらず学校に行かなかった。行きたくないわけを馨さんに言うと、

「差別だねえ、まあ、人間なんて弱いものだから、そうやって他人をいじめたり、除け者にしたりして、わが身を守ろうとするのかもしれないよ」

と言った。

ともあれ、馨さん親子が村へやってきたことは、いづみたち一家にとってかなり助けになった

が、東京から時々やってくる伯父や叔母は快く思わなかったようである。

「病人のところへ転がり込んで、どういうつもりだ」

この前、馨さんと顔を合わせた時、伯父はあからさまに嫌味を言った。馨さんが妹一家の役に立ってくれているのを承知のうえでの言葉だった。伯父は馨さんのなにもかもが気に食わないのだろう。

馨さんは黙っていた。申し訳ない、の一言でも期待していたのか、伯父は神経質そうな顔に苛立ちを浮かべて言った。

「あんたらは搾取されている民衆の味方だ、なんてえらそうなこと言ったって、困ればなりふりかまわず病人のところへまで押しかけてくる。所詮、あんたや浦崎の仲間は自分たちの不遇を、おかみや世の中のせいにして理屈をこねまわすだけの反抗分子にすぎない」

「浦崎や私の気持ちが、あなたにわかるわけない」

馨さんははっきりと言った。

「何を言う……」

いきり立つ伯父を見て、馨さんは、失礼します、とそそくさと帰っていった。伯父とこれ以上争うのはまずいと思ったのだろう。伯父は当時、ある銀行の頭取をつとめる立場にあった。

やがて季節は夏に変わった。

七月も終わりに近いある日のことである。雪江はなんとか持ちこたえていたが、もう床を離れることは出来ない。うつらうつらと目をつぶっている日が多く、風呂はもちろん、身体もろくに動かせなかったから、思うように拭くことも出来ず、雪江の寝ている部屋に入ると、むっと臭気が鼻をついた。

けれど馨さんはそんなことまるで気にしないふうに、来るたびに枕元で雪江に話しかける。

「若いのになんの因果かねえ、こんなになってしまって、でも大丈夫よ、子供たちは元気だし、あとのことはなんとかなる、あの子たちのこと誰もほったらかしになんかしないから、心配しないで……」

今朝方、馨さんは手ぬぐいで雪江の顔をぬぐったり、水を口に含ませたりしながらそう語りかけていた。大家のおばさんもちょくちょく顔を出してくれるが、顔をしかめながら、口もとを手ぬぐいで覆い、

「しっかりしなさいよ、今日は南瓜を煮たから持ってきたよ。滋養があるよ、食べればじきよくなる」

雪江がもう何も食べられないのを知りながら、心にもないことを言ったりする。隣村から来てくれる医者の往診も頻繁になり、昨日、今日と、続けてやってきては、青白く静脈の浮く雪江の腕におどろくほど太い注射をする。医者の帰った後、いづみは医者の指示どおり、注射液でふくれあがった雪江の腕をもむ。

「痛くない？」

もみながら声をかけた。返事がかえってくるとは思わなかったが、雪江はぼんやりと目を開けた。開け放った障子の向こう、繁った八手の葉が風にゆれて、雪江の顔にまだら模様の影を落としている。いづみは意味もなくその影を眺めていた。時折、濃い影が雪江の眼窩を穿ったように黒く染める。その目に不意に表情が宿った。なにか言いたそうな目である。けれど、声がなかなか出てこない。が、やがてひとつ息を大きく吸い込むとやっと声がでた。

「……包みのなかにノートがあるの、住所録よ。お母さんもうじき口がきけなくなるかもしれない。だから、電報打ってきて、東京の伯父さんと叔母さんのところ。ハハキトク……、わかるわね」

枕元を目で指し、途切れがちに言うのだった。いつも置いてある風呂敷包みのことである。言ったとたん、力尽きたようにぐったりと目を閉じてしまった。

いづみは、はっとした。

「わかるわね」という母親の声に、つりこまれるように何度もうなずいていた。そして、突然、焦りに襲われた。ねえ、起きてよ、目を覚ましてよ、どうしたらいいのよ。……思い切り母親をゆさぶり起こしたかった。

午後、いづみは一時間の山道を郵便局へと向かい、何通かの電報を打った。ハハキトク、コラレタシ、電報用紙を窓口に差し出すと、局の人が驚いた顔をしていづみを見た。

翌朝、いづみが目を覚ました時、雪江はもう息をしていなかった。

顔に一筋の長い髪の毛が張り付き、薄目を開け、灰色の目がのぞいていた。頭のてっぺんから足先までが、しんと静まりかえってなんの気配も感じられない。

いづみは枕元に座り、しばらくの間、じっとしていた。不思議な気がした。あんなに病み衰えていても、昨日までは病いに生きている雪江がそこにいた。苦しい息をしながらも、れっきとして生きていた。生きていることと、生きていないことの違い。

いづみは生まれてはじめて、死という現実をまのあたりにしたのである。目の前に不可解で越えがたい壁を見ているような気がした。いづみにとってせめてもの救いは、人が死ぬ時に感じるであろうあらゆる苦痛を想像できるほど、年を取っていなかったことかもしれない。母親の死をまのあたりにしながらも、即座に深く傷つくほど大人ではなかった。

夏の早暁の明るさが白々と障子を染めあげている。

「お母さんが死んだ」

いづみは祐一をゆり起した。

祐一はぼんやりと雪江を見下ろし「ふーん」と言ったきり、なにも言わずにのろのろと着替えはじめた。

なにかあったら、すぐ知らせること、馨さんに言われたとおり、いづみは祐一の手を引いて、馨さんの家に向かった。

2

雪江の死んだ夜、馨さんは遅くまで遺体に付き添っていた。数本の山百合が枕元に活けてある。昼間、いづみと祐一が近くの山で採ってきたものだ。

隣りの部屋で、いづみは祐一と徹にせがまれて、トランプをしていた。相手をしないと、二人がところかまわず走りまわるからだ。カードを手にしていてもいづみは時々うわのそらになる。

「ねえ、早くしてよ……」

祐一や徹にじれったがられながらも、あたりにただよう線香のにおいや、ろくに顔も知らない近所の人が訪ねてきて、声をひそめて家の中をうかがう様子や、大家のおばさんが縁側を上がったり下りたりと、そんな気配に落ち着かなかった。

明日からのなにもかもが茫漠としていた。

ババぬきを三回つき合ったところで、いづみは「もうやめ」と二人に言った。不満げに「どうして？　あと一回、ねえ……」とねだる二人に「わがままは駄目」驚くほどきつい口調で言った。祐一がおびえた目をあげ、やがて二人が黙々とカードを片付けはじめると、いづみは何故か急に涙が出そうになる。

今、いづみには母親を失ったという直接的な悲しみは湧いてこない。遺体を前にしても、とりたてて胸にせまってくるものもない。馨さんに言われるまま部屋を掃除し、医者が書いてくれた死亡診断書を役場に届けたりと、けっこうてきぱきと用事をこなした。

「気丈だねえ、いづみちゃんは」

そう言われたが、気丈だなんて言葉、自分にはまるで不似合いな気がした。なにもかもが人ごとのように思えた。

「だけど、縁もゆかりもないこんな村に、雪江さんを埋めるなんて可哀想、……寂しくなるねえ、でもこれからはいつも寂しいんだよ」

帰りがけ馨さんはそう言い、提灯に灯をともし、よいしょ、と眠っている徹を背負った。そして、庭先まで送りに出たいづみを振り返り、思い出したように言うのだった。

「いつか、いづみちゃんが読んでいた『女工哀史』ね、あれはみんな本当のことなのよ。昔、田舎で浦崎の知っている女の子、売られるようにして紡績工場に行ったのよ、二人も。そして死んだの。一人は十四歳で、身体がまだちいさかったから、煙突の中に入って掃除やらされてね、てっぺんから落ちたの。

もう一人はね、十五歳、機械で指を怪我して、ろくに医者にもかけてもらえず、傷口からばい菌が入って、身体中が腫れて、痛い、苦しい、って泣き叫びながら死んでしまった。ひどい話だねえ、許せないよ。その話を聞いて浦崎は身体がふるえるほど怒ったそうよ。それが浦崎の生き方を変えたといっていい。学校出ても、のんきに月給取りなんかやっていられなかったのよ。いづみちゃんも、これから辛いことといっぱいあるだろうけど、もっとひどい境遇の子供たちがいること忘れないで。大人になったら、世の中で起こっていること、しっかり見たり聞いたりして、自分の頭で判断できる人間になるのよ」

しみじみとした口調で言い、そして、「おやすみ」と暗い道を帰っていった。

馨さんの後ろ姿が消えてからも、いづみはその場に立っていた。何故、馨さんが他の大人たちから好かれないのか、いづみにはそのことが不思議だった。

床に入ってからも、いづみはなかなか寝つけなかった。

襖を隔てて、隣りの部屋には雪江の遺体が横たわっている。ともすると気持ちがそっちへ引きずられていく。あそこにはもうなにもない、誰もいない。そう思おうとした。祐一はいづみの隣りでぐっすりと眠っている。

夜が更けて空気が冷えてきた。あたりががらんとして、部屋がやたらと広く感じられてくる。ぼんやりと襖絵の松林が揺れているような気がした。早く明日になればいい。明るくなってほしい。いづみは固く目を閉じる。いつのまにか眠ってしまった。

夜更け、何かの気配で目が覚めた。覚めきらない目に、縁側を横切っていく人影が見えた。人影は二つ。開け放したままの障子の向こう、月明かりがくっきりと庭の木立を照らしている。

二つの人影は足音をたてず、腰をかがめるようにしてゆっくりと歩を進める。いづみたちの部屋の前で足を止め、覗き込みながら気配をうかがい、やがて、遺体のある部屋へと入っていく。二人とももんぺ姿だ。

泥棒……、と思うより先に、いづみはそれが誰であるかわかった。大家のおばさんと、隣村に嫁いだ娘さんである。わけがわからなかった。

隣室との間仕切りの襖がわずかに開いている。月明かりのさし込むなか、その隙間からうっすらと隣室の様子がうかがえる。二つの影は雪江の遺体に目もくれず、無言のまま、まっすぐ壁ぎわの箪笥の前にいく。壁にそって桐箪笥が二棹並べてある。

二つの影は箪笥の前でうずくまり、きしきしと引き出しを開けはじめた。

二人のしようとしていることは明らかだった。いづみの身体はかちかちになっている。だが、目だけは二人に張り付いて離れなかった。声も出ない。夜中、他人の家にあがりこみ、箪笥を開けようとしているのが、いくら大家さんでも、何故黙っているのか、何故起き出していかないのか、いづみにはわからない。そうすべきなのはわかっている。でも出来ない。いづみはただ石のように、じっとしていた。

おばさんは箪笥の中身の何処になにがあるのかわかっているようだ。時折、娘とひそひそ声をかけあいながら、引き出しを手際よく開けていく。取り出した中身を確かめ、畳の上に広げた風呂敷に積み重ねていく。

娘の方は、おばさんの手もとに目を走らせながら、

「そう、これこれ、この総しぼりの着物、欲しかったんだ、ああ、これも」

などと、手にとっては撫でまわし、ふふっ、と含み笑いをもらしたりしている。

「しっ、声が高いよ」

おばさんはすばやくあたりに目をくばったりする。

最後におばさんは、小引き出しから小箱を取り出した。

のぞき込む娘に、

「大した帯留めだろう、翡翠が埋めてあるよ」

ふたを開けて見せている。

それは葡萄のふさをかたどった、みどり色のきれいな帯留めで、いづみは母親にねだって何度か見せてもらったことがある。

目の前で行われていることのすべてを、いづみは見ていた。とても本当のこととは思えなかった。次第にいづみは、見ている自分がいちばん悪いことをしている、そんな気持ちにおそわれてきた。いたたまれなくなった。着物も帯留めもいらない、だから、今すぐいなくなって、早く消えて……。

それは、時間にすれば数分間の出来事であった。二人が風呂敷包みをかかえて去った後、いづみは頭から布団をすっぽりかぶった。そして、すべてを吐き出すように激しく泣いた。

翌日、いづみの腫れぼったい顔を見て、馨さんは痛ましげな目をしたが何も言わなかった。いづみも何ひとつ口に出さなかった。

そして午後、伯父と叔母が到着した。

「お世話になったようだね」

伯父は馨さんにひととおりの礼を述べたが、態度はよそよそしく、馨さんが居ることを快く思っていないのは明らかだった。

「ご愁傷様でした」

馨さんも儀礼的に挨拶を返す。

山の端には真夏の強い日差しが照り映えている。

雲ひとつない空のかなたに、Ｂ29の編隊が銀の粒子のようにきらめきながら、通り過ぎていくのが見えた。

「東京はまた空襲か……」

伯父はその行方を追うように、手のひらをかざし見上げている。時折、陽光が山の斜面を掃くようになでおろしては谷間に影をなげかけていく。

伯父たちが到着するまでの、まる一日余、馨さんは必要なことのあらかたを済ませてくれていた。真夏のことだし、まず遺体を早々に埋葬するための手配をした。この地方は土葬である。

「お葬式は伯父さんと叔母さんが着いてから」

馨さんはとりあえず、埋葬の場所を大家さんに相談し、自宅裏にある墓地の片隅を提供してもらうことにした。

叔母は到着するなり、可哀想に、こんなになってしまって、と、いっとき、姉の遺体に向かって泣きくずれたが立ち直りは早かった。すぐにかいがいしく家の中を見てまわり、

「もう心配しなくてもいいのよ、私たちが来たんだから」

と、土産のビスケットの袋をいづみに手渡し、遠くから眺めている徹にも、いらっしゃい、と声をかける。

馨さんは縁側のはずれに黙って座っていた。いづみはビスケットを手に馨さんの隣りに腰をおろす。

大好きな叔母だが、最近は以前ほどなじめなくなってきている。馨さんの言う、物事の根っ子の部分を見ないで、自分の都合ですぐ良い悪いを決めようとする愚かなブルジョア意識の持主、なのかもしれない、などと意味もろくにわからないまま思ってみたりする。

叔母は独身、丸ビルの会社でタイピストの仕事をしているが、今は会社も休業状態にあるらしい。

庭先では伯父が大家のおばさんを交えて、近くの寺の住職と埋葬の準備の相談をしていた。棺はまもなく届くが、墓掘り人夫がそろうのは夕方になってから、その間に読経とお参りを済ま

せ、埋葬は日没までに行えるだろう、というふうに話が運んでいる。

大家のおばさんは、伯父や住職に、

「さぞや妹さんも心残りだったでしょう、気の毒に、小さな子供たちを残して。これも運命っていうものですかねえ。ところでこの際、なんでも遠慮なく言ってくださいよ。出来るだけのことはしますから」

などと、馨さんが日頃「うさんくさい」と言っていた愛想笑いを浮かべながらお世辞をふりまいている。いづみはそんなおばさんから目が離せない。見ているうちに胸が苦しくなってきて、

「やめて、うそつき！」叫び出しそうになる。

「いづみちゃん」

その時、座敷から叔母が呼んだ。一瞬、救われる思いがした。が、行ってみると、箪笥の引き出しのほとんどが開けてあり、かたわらに叔母が途方に暮れた顔をして座っている。

「からっぽじゃない？　この中の着物どうしたの」

叔母の硬い口調にいづみは返事が出来ない。身体の中を昨夜の衝撃が逃げ場もなくかけめぐっている。

「ねえ、まさかみんな食べ物と交換したわけじゃないでしょう？　そんなはずないわよね」

いづみの胸の中は大波に呑まれたように揺れているが、口を開くことが出来ない。

住職たちと打ち合わせを終えた伯父が、不意に顔をのぞかせる。叔母といづみの様子に、

「どうした？」

と不審な顔をする。

「兄さん、見て……、簞笥の中、ろくなもの残っていないのよ。この前来た時はこんなじゃなかった、姉さんが大事にしていた翡翠の帯留めもないの」

「おかしいな……」

伯父は簞笥の中をのぞき、腕組みしながら考えていたが、やがて、

「馨の仕業か……」

つぶやくように言った。

いづみははっとして伯父の顔を見た。

「決めつけちゃ悪いけど、そうかもしれない、あの人たち一文無しで追い詰められていたから。浦崎は行方知れずだし」

叔母も同調する。

二人はあれやこれやとしばらく馨さん夫婦のことを批判し合っている。

いづみは耳をふさぎたかった。そして、いきなり、

「ごめんなさい、私が悪いから……」

最後まで言えず、深くうなだれてしまった。

驚いて二人はいづみを眺めたが、いづみの心のうちがわかるわけはなかった。

「もういい、いづみのせいじゃないよ」

伯父は慰めのこもった目でいづみを見つめている。あきらかに馨さんを疑っているのだ。

急に庭先が騒がしくなった。荷物が運びこまれた様子である。

「お棺が届きましたけど」

馨さんが声をかけてきた。

伯父は軽くうなずき返してから、

「聞きたいことがあるんだ、ちょっと上がってきなさい」と言った。

馨さんは上がってくると、座敷の片隅に寄せてある雪江の遺体に軽く手を合わせる。そんな様子を伯父は不機嫌そうに眺め、

「雪江の着物、あんたが処分したのか？」

箪笥を指して訊ねる。

伯父の言っている意味がわからないのか、馨さんは、えっ、と怪訝な顔をする。

「まさか雪江姉さんが、こんなにたくさん物々交換したわけじゃないと思うの。まだ良い着物何枚か残っていたし、それにあの帯留めも」

叔母の言葉に、馨さんはきっと顔をひきしめる。

「知りません。雪江さんが亡くなられた時、箪笥を開けて新しい浴衣を出しましたよ。重なった着物の上から取り出したし、その時はこんなじゃなかった」

伯父と叔母は顔を見合わせている。馨さんは自分にふりかかった疑いに、弁解しなかった。そして、

「いづみちゃんは何か心あたりない？」

と問いかけてきた。思い当たるふしがあるような口調だった。

「知らない……」

どういう心のはずみか、いづみはそう答えていた。

知らない、と答えたことで、いづみの気持ちの中で何かが決まった気がした。馨さんの視線をしばらく頰に感じていたが、いづみは無視した。

が、やがて、伯父がその場の空気を断ち切るように、

「雪江の遺体、そろそろお棺に移そう」と言い、腰をあげた。

真四角な座棺が庭の中央に据えてあり、ろうそくや線香、麦や野菜の供物が台の上に並べてある。射すような夕陽が金茶色に輝き、あたりを幻想的に染めていた。

いづみは祐一と徹の手を引いて縁側に腰掛けた。二人はまわりの様子に気圧されて、いづみにぴったりと張り付いている。伯父や叔母や大家のおばさんが忙しげに歩きまわっていたが、馨さんの姿は見えなくなっていた。

いづみは馨さんをさがさなかった。馨さんのことを思うと、消えてなくなりたいほどの気持ちになったが、それよりも、昨夜の大家のおばさん母娘の行為をとがめられなかった、自分の非力

を知られることの方がこわかったのである。

あの光景がおぞましく脳裏に焼き付いて離れない。恐ろしかった、あの時、おばさん母娘の口が、耳まで真っ赤に裂けていたって不思議には思わなかったろう。大家のおばさんが盗んだ……、どうして言えなかったのか。いづみは、そういう自分をただ嫌悪していた。

その後、東北に住む母方の祖父母の家に引き取られるまでの二週間余を、いづみと祐一はこの家で叔母と暮らした。馨さんは一度も訪ねてこなかった。

その間に戦争が終わった。

結局、着物の紛失は馨さんのせいとなって、叔母の胸におさまったが、日とともに、そのことは口にしなくなった。

「着物くらい、これからはいくらでも買えるようになるわ」

などと、のんびりと言ったりした。

大家のおばさんは、相変わらず愛想笑いを浮かべ、いつも親切にしてくれた。

馨さんの噂は時々聞こえてきたが、たいがいはよくない噂だった。

「親子で乞食みたいな格好をしている。木の根っ子を食っている……」

夜になるといづみはよく、家の裏手から川向うの馨さんの庵を眺める。明かりの見える夜もあるが、真っ暗なままの夜もあった。ほのかにでも明かりが揺らめいている時には、ほっと胸の奥が暖かくなる。

村を去る時も、いづみは馨さんに別れを言いに行かなかった。そして、二度と会うことはなかった。

村暮らし

友子は見るともなしに台所の窓の向こうに広がる、一段と緑の濃くなった雑木林に目をやりながら、フライパンで冷凍餃子を温めていた。

視野に入るかぎり人家は見えない。

なんだか退屈で気の滅入るような夕刻だった。

「腹へったなあ、もう六時過ぎているぞ」

一週間ぶりに帰ってきた良男が、台所の隣りの六畳間で声をあげた。

「じき出来るわ、毎度同じものだけど」

「また餃子かよ」

「だってしょうがないじゃない、この前、町に行った時、山ほど買い込んできたのだから」

「まあな、じゃ、今度、町に出たらステーキ肉でも買うか」

良男は寝転んで見ていたテレビのスイッチを切ると、ダイニングとは名ばかりの板の間に立ってきて、テーブルの上に、コップや小皿を並べたり、冷蔵庫から缶ビールを出したりと、こまめに動きはじめる。

「しかしなあ、こんな、ど田舎、本当に退屈じゃないのか？」

良男は友子と並んで戸外に目をやり、ここに越してきてから、週末ごとに帰ってきては口癖となった言葉を繰り返す。

「別に退屈なんかしていない。昨日は一日花の苗植えていた、けっこう疲れたけど、ほら、庭がきれいになったでしょ」

良男の手を引っ張って、色とりどりのペチュニアやマリーゴールドやベコニアの植わった庭を改めて見せる。

「夏野菜も作りたいの、農協に電話して、なすとピーマンとトマトの苗頼んでおいたから」

「ふうん、友ちゃんってあんがい順応性あるんだね」

土いじりなど、まるで興味のなさそうな良男は気のない返事をする。

二か月前、友子がここに越してくる気になった時、友ちゃんなんか絶対に田舎暮らし出来っこない、無理、無理、と良男は力んで言ったものだ。あの頃の彼と少しも変わっていない。お互い離れて暮らしてみれば、よくも悪くも、ちょっとした意外性が見えてきてもいいはずなのに、彼にはそれがほとんどない。

友子は良男の横顔を眺めた。三十五歳にしては邪気のない幼な顔である。銀座の画廊に勤めていて、営業の仕事を担当している。付き合い始めた頃、パウル・クレーが好きと聞いて、友子はちょっとびっくりした。

絵にはくわしくなかったけれど、自分のイメージするクレーと良男はずいぶん違う気がしたからだ。クレーの描いた天使たちに、谷川俊太郎が詩をそえている画集が友子は大好きだった。そういえば、一本の線だけで描いた、あの天使たちの顔のどれかに良男は似ていなくもない。

「だけど、絵を扱う人間は本気で絵を好きになっちゃ商売はやっていられないよ、絵である前にまず商品なんだから。好きな絵にのめり込むようじゃ、目ききにはなれないさ」

いっぱしなことを言う良男の言葉に友子はなるほどと納得もし、同時にちょっと違うかも、と物足りなさも感じる。

良男のことは好きだし、長続きする関係でいたかったから、あまり踏み込んだ付き合いは避けた方がいいと、本能的に感じていた。良男という人間を、友子はそれなりに評価していたけれど、芸術的感性といったレベルで話をするようなタイプではないと思っている。その点で気が楽だといっていい。お互いの感性や関心のもちどころが似ていると、そこに期待するあまり踏み込み過ぎて、結局傷つけあってしまう関係になることを、友子は過去に幾度となく経験していた。とはいうものの、絵の売買をし、時たま法外な利益を得て無邪気に喜んでいる良男に抵抗を感じるのも事実だ。

「しかし、なんにもないところだなあ、ここは。駅からここまで十五分ほどのあいだ、数えるほどしか家がなかったぞ」

良男は東京生まれの東京育ちだ。田舎に住むなんて想像もしなかったのだろう。

「その代わり、森や山や渓谷や、自然がいっぱいあるじゃない、なんて陳腐なこと言うなよ」

友子が何か言おうとする前に、良男は両手をひらひらと振って機先を制する。

「良男は人間が好きだものね」

「それは言えてる、だけどさ、しんそこ人間が嫌いなやつなんているわけないだろ、友ちゃんだって、こんな誰もいないようなところにやってきたのも、実は人間好きの裏返しなんだと思うよ」

と、けっこううんちくのあることを言う。

その時、茶の間の電話が鳴ったので、二人は飛び上がるほど驚いた。

「誰だ？　こんなとこまで電話かけてくるやつは」

良男がぶつくさ言う。

友子が受話器を取ると、

「ご飯まだでしょう？　とびきりおいしいの炊けたけど、来る？」

案の定、ゆきさんの声がした。

「ええ……」友子の躊躇する気配を敏感に察して、

「そうか、今日は日曜日か、彼氏いるんだね」

ゆきさんが言う。

「いいえ、行きます、二人で」

「もちろんいいよ、竹の子の土佐煮もたくさんつくったからね」

友子が電話を置いて、振り向くと、

「例のばあさんかよ」

良男がため息をついた。

「気がすすまなかったら良男は来なくていいよ」

「行くよ、ひとりで冷凍の餃子なんか食っていられるか」

「それもそうね、竹の子の土佐煮もあるって」

やっほー、と口笛を鳴らし、良男はジャージの上下を脱ぐと、白いポロシャツとジーンズに着替えはじめる。

ゆきさんは友子たちの家の隣家である。隣家といっても三〇〇メートルは離れているだろう。ゆきさんは独り暮らしである。年齢を聞いたことはないが、七十なかばにはなっているかもしれない。外見は明らかに年寄りだが、耳も目も達者で足腰もしっかりしている。昔ながらの鉄釜と薪で炊く彼女のご飯は絶品だった。思えば二か月前、友子がここに住むきっかけになったのは、ゆきさんの存在がかなり影響しているといっていい。

外に出ると、あたりには薄もやがかかり、夕闇の向こうに平屋建ての古びたゆきさんの家の輪郭が影のように黒々と横たわって見え、軒先からは紫色の煙がたなびいている。

「あれで屋根が茅葺だったら、言うことなしの日本の原風景だな」

良男が感動したような声で言う。

「そうね、ゆうに五十年はタイムスリップしているかも。家も住んでいる人間もね」

「しかし、田舎にいると腹へるなあ、ろくに身体動かしているわけでもないのによ、おれ今日、これで四回めし食う勘定になるなあ」

「良男は無邪気でいいねえ」

「おれさ、時々、どうして友ちゃんみたいなわかりにくい女を好きになったのかって思うことあるよ」

「なぜだろう」

「おれが直球型のわかりよすぎる人間だからと思うよ、つまりさ、日向だけの人間だから、影の部分を埋めてくれる友ちゃんのような女が必要なのかもしれないよ」

「じゃあ、私が良男の影か、まあいいさ、影ならこうならなくちゃ」

友子は良男の腕を取り、身体をぴったりとくっつける。

確かに良男の言うとおりかもしれない。二人はまるで違う。そういう二人の関係を友子は時々考えるけれど、よくわからない。良男が良男であるかぎりそれでいいと思った。彼といると何故か安らげるからだ。彼があれこれしゃべりまくっても、ときには抵抗したくなることはあるが、そりはそれでいいとおさめられるのだ。良男と居る時、友子はあれこれ考えない。

「仲がいいねえ」

煙をうちわでばたばたと払いながら、かまど小屋の入り口で、手ぬぐいを頭にかぶったゆきさんが迎えてくれた。

土間からすぐの十畳ほどの部屋には、掘りごたつがまだ片付けられずに置いてあり、そのうえには三人分の食事が用意されてある。どんぶりには竹の子と蕗の煮つけが山盛りになっていて、手製のたくあんが、かまぼこのように分厚く切って小鉢に添えられてある。

それに炊き立てほかほかのご飯、あまいかおりをはなって真っ白に輝いている。良男に言わせれば、巨大な下駄のようなふたの鉄釜で、尺八みたいな竹をふうふうといわせながら炊いたご飯である。

ものも言わずに良男は三杯目のご飯をたいらげた。竹の子のどんぶりもあらかたからになっている。

「おいしいのはわかるけれどさ、お愛想のひとつぐらい言ったらどうなのかねえ」

ゆきさんは呆れながら良男の食べっぷりを眺め、それでも満足そうである。

「ほんと、うまかったすよ。なんていうか、口の中でじっくり味わえて、のど越しがよくて、安心して胃の中に収まるみたいな感じがする、冷凍食品ってのは、あれは食い物じゃない気がしてきますよ」

「口の中でじっくり味わえて、なんて言うわりにはがつがつ食べていたけれど、まあ、ハンバーグとカレーライスと学校給食で育っても、そう思うんだから、日本人はもう少し自分の国の食文化、考えた方がいいよ」

「その意見には賛成だけど、鉄釜と薪で炊くの難しそう」

友子の言葉に、

「なればどうということもないさ、要は本物を炊こうという気構えだよ。米のもっている養分と旨味を充分に引き出す、つまり、これ以上はないという最高のご飯を炊く、火加減、水加減、燃料の種類、もちろん米の品質も大事だけど……炊くごとに出来が違うからね」

ゆきさんが言う。

「なんだか芸術的ですね」

「めしひとつ炊くにもそこまでやるんだ、友ちゃん挑戦してみろよ」

「とてもゆきさんのようにはいかないわ、でも興味ある」

友子が言うと、

「なあに、この村の年寄りだって、今じゃ薪でご飯炊ける人間なんてそうそういないよ。電機釜とレトルト食品、どこの家だって便利にしているご時世さ」

「だけど不思議だよな、ゆきさんがこの村に住みついたの、五年ぐらい前だって聞いたけど、なんだが地元の人間以上にこの村になじんで見える」

良男の言葉に、友子はふと気がついた。

「そういえば、ゆきさん、東北生まれの東北育ちってきいたけど、今でも息子さんとか、ご親戚がいるんですか？」

「娘が一人、所帯もっているよ」

ゆきさんの口がなんとなく重くなる。

「東北はどこですか？」

友子の胸に懸念が広がる。

「宮城県、南三陸町……」

あっと思った。

「で、どうなったの、地震後の様子は？」

「わからない」

「どうして？」

せきこんで聞く友子に、

「長い間、お互い音信不通。まあ、この話やめようや、人間にはそれぞれの事情ってものがあるのさ」

そう言うゆきさんの口調は、けれど淡々としていた。

「本当だ、おれたちだって地震がなければ、今、ここにいるわけないんだからな」

いくぶんピントはずれな良男の反応が、この場の空気を救った気がする。

きっかけは地震だった。

東京都と県境にあるU市に住んでいた良男と友子の家が、地震で庭に亀裂が走り、そこから泥状の水が噴き出してきた。道路の電柱が傾き、家は壊れはしなかったが、いくぶん傾いた。傾きは見た目にはさほどわからないのだが、家の中にしばらくいると、気分が悪くなることがあった。

都内の良男の実家から一緒に住むようにといってきたが、友子はとてもその気になれなかったので、住んで住めなくもない家に、停電断水に耐えて四日間いた。五日目にひどいめまいにおそわれて、それで家を離れる決心をしたのである。

良男と住みはじめて二年になるこの家は借家だったので、財産的被害はなかったけれど、家主に引っ越しを告げた時、初老の家主夫婦はまるで家の状態がこんなになったのは、友子たちのせいとでも言いたげに、家のあちこちを点検し終わると、

「お預かりしている敷金、お返し出来るかどうかわかりませんよ」

と言うのだった。

入居時、人に貸すために建てたのではないという新築一戸建てを、外国へ転勤している息子の家族が帰国予定の五年後まで、という条件付きで借り、家賃の三か月分を敷金として預けてある。

普段だったら、敷金がもどらないことに、到底納得出来なかっただろうが、友子は苦情を言う気になれなかった。家主だって被害者なのだ、などという安易な同情心ではない。そういうことではなく、正当性を主張する気力が、抜け落ちてしまったみたいなのだ。社会通念などどうでもいいようなことに思えてきたのである。めずらしく良男も黙っていた。

地震でなにかが変わってしまった。

自分でもうまく言えないが、地震以来、当たり前と思っていたことがそう感じられなくなり、ものごとを見る目が違ってきたような気がする。

日々報道される被害状況をまのあたりにしているせいか、自分たちの被害など些少なのに、気分がどんどん落ち込んでいく。

大げさにいえば友子は、なんだか今まで、うその自分、いつわりの生活を生き、ごまかしのための仮面をかぶることにあくせくしてきたような気がしてならない。そんなふうに感じるなんてはじめてのことだ。かといって、今更、なにをどうリセットすればいいのだろう。そう思うと、背中を強迫観念に押されているような気になってくる。

テレビの画面で、東北の被災地へ向かうボランティアのグループを眺めながら、あの人たちもきっと、自分と似たような気持ちに突き動かされているのかもしれない、などと思ったりもしてくる。

けれど、友子はボランティアに参加しようという気持ちにはならなかった。

その代わり、契約していた広告代理店のコピーライターの仕事を思い切って減らした。打ち合わせが少なくて済み、パソコンでやりとり出来る、企業の社内報のきまりきった仕事だけを残した。

そして、近くの不動産屋にいって、十五年前、学生時代に友人とドライブ旅行の途中に立ち寄った、奥秩父の荒川渓谷沿いの小さな村の名を告げ、もしそこに貸してもいい空家があったらさがしてほしい、と頼んだのである。

不動産屋はしげしげと友子の顔を眺め、

「そりゃあ商売ですから、日本中、ご希望の場所をどこでも探しますけれどね、避難先だったら、そんな辺鄙なとこじゃなくて、もっと適当なところいくらでもあるでしょうに」

と言う。もっともな意見だ。

けれど友子は、

「かまわないの、そこを探してください」と頼む。

「マジかよ、おれ、そんなところから通勤出来ないからな、かりに出来たとしてもさ、そんな、ど田舎、住む気ないぞ」

もちろん良男は大反対をした。

「いいわよ、私だけがいくから。良男は実家から通って週末だけその気になったら来ればいいわ、すごい山奥だけど、都内から電車で二時間弱でこられると思う」

不動産屋に頼んだ時点で、そううまく事は運ばないと思ったが、案ずるより産むは易しであった。十日後に返事がとどいたのである。

「さすがネットの時代ですなあ、昔ならこうはいかないけれど、現場の物件写真まで添付されてますからじっくり検討してください」

とカラー写真付きの資料を渡してくれた。雑木林を背景に古びたスレート瓦屋根の小さな家が写っていた。

友子は早速、村まで出向いていった。

村は十五年前と変わってなかった。むしろ当時より過疎化した様子である。あの時、友達の一人が父親の車を借りて、女四人でドライブ旅行をした。帰り道、この村にさしかかり、ひと休みすることになったのである。

ローカル鉄道の終点、駅前のみやげ物店であった。店先の長椅子に腰を下ろし、四人はコーヒーやお茶など飲みながら、くつろいでいた。

新緑が濃い緑に変わりはじめる季節で、むせるような空気があたりに満ちていた。木漏れ日が木々の間から降り注ぎ、時折、まばゆいほどの輝きを浴びせかけてくる。

「緑と、風と、太陽か……」

誰かが言った。

「太陽、美しくもあり、残酷でもある……、ねえ、太陽のせいで人を殺せると思う?」

突然、そう言い出したのは同じ学部のS子だった。

先日、フランス語の講義の時、話題になった、A・カミュの『異邦人』をさして言っているのだ。年配の教授が、自分の若い時代のエピソードとして、当時、どれだけの若者がフランス文学に影響を受け、そして憧れ、自分もその一人であったか、などの話のついでに『異邦人』について私論を述べたのである。

物語の第一のポイントは、アルジェリアのとある海岸、太陽が焼け付くように照っている昼下がり、主人公の青年ムルソーが散歩をしていると、見知らぬアラブ人から、敵と誤解され、ナイフでおどされた。彼はたまたま手にしていたピストルでとっさにアラブ人を射殺してしまう。ムルソーはごく普通の青年である。

殺人犯となったムルソーは裁判の場で、アラブ人を殺した理由を判事に問われた時、彼の頭に真っ先に浮かんだのは、砂浜一面に逃れようもなくじりじりと照り付ける太陽であった。すべての理性と思考が焼け付く太陽によってうばわれていた。彼は答えようもなく黙っている。彼にとってそれがいちばんの理由であったから。何も言わない彼の態度はその場にいたすべての人々に、凶悪で不信心な殺人者としてのイメージを抱かせてしまう。

「当時はね、それが流行になったものですよ、太陽のせいで人を殺したと。僕はね、あれを読みながら、ムルソーの心の動きがとてもよくわかりました、まるで手に取るように」

と教授は言うのだった。

その言葉に友子は感動したものだ。久しぶりに心の開かれる思いがした。『異邦人』は何度も読み返すほど愛読していた。友人のたいがいは本の題名ぐらいは知っているものの、読み始めると、何ページかで投げ出してしまう。面白くないというのが実感らしい。読破しても、特に感動した人間はあまりいなかった。少なくとも友子のまわりには。

友子は『異邦人』に関して誰かと議論しようとは思わなかったけれど、心ひそかに自分と同じ感性で『異邦人』を読んだ人間を期待していた。

ここは緑豊かな日本の片田舎である。太陽の輝きも美しい。友子はアルジェリアの焼け付く太陽は知らないが、その状況下で起こったムルソー青年の心の動きが、教授と同じように自然のこととして、手に取るようにわかったのである。自分がもしそんな場面に遭遇し、武器を手にしていたら、そして灼熱の太陽に焼かれ、目をくらませていたら、ムルソーと同じ行動を取ってしまう可能性だってあっただろう。

ムルソーという人間は作者のつくりあげた人格だということは、歳を取った今ならわかる。でもなんという見事なつくりものであろう。完璧だ。

もしそうでないのなら、この作品はどうしてこれほどの感動を多くの人に与えたのだろうか。そして、死刑囚になってからのムルソー青年の、司祭と向き合う人間として嘘のない、一途な思想に、どうしてこれほど寄り添えるのだろう。

今の、S子の言葉にたいして、

「太陽のせいで人を殺してしまう？　うそくさい、あり得ない」

他の二人は何故か楽しげに口調を合わせて笑っている。

その時、友子は自分がひどく侮辱された気がした。三人の友達が三十人にもふくれあがって、うそくさい、あり得ないと、嘲笑している気がした。

アイスコーヒーのストローを、無意識に嚙みながら、自分が友達になにか感情的な反論を口にしてしまわない前に、木々のすきまから垣間見える川へ向かって、わあ、涼しそう、と声をあげて駆け出して行った。

ひとり川辺に腰を下ろし、気を静めようとした。

自分が一冊の本から、人間というものにたいし、明確なこだわりをもってしまったことを痛いほど感じていた。心の奥底に自分にしか見えない一点を見つけてしまったのである。

じっと流れに目をやっていると、うっそうと岸辺を覆っている木々の繁みが不意に、圧倒するほどの豊かさで友子のまわりに迫ってきた。吹く風が声になり、透明な空気の層の中、このままでいいのだ、という声が聞こえてくる。なんだろう、これは？　不思議な感覚だった。自然との一体感、説明しがたいけれど、孤独の充足感、ひとりぼっちの自然さ、とでもいうものを友子はその時はじめて知ったのである。

十五年前の誰も知らないささやかな、だが、忘れ難い奥秩父の村での経験であった。

地震で家を出なければならなくなった時、何故かあの村が自然に頭に浮かんできた。自分の行くべき場所はそこなのだという気がしてきた。

不動産屋から渡された資料を手に、友子がこの奥秩父の村を訪ねたのは、地震から二週間あまりがたっていた。

ローカル線の終点駅から、地図を頼りに歩くこと約二十分。黒々とした杉山の連なりや、森や林に沿って歩いていくと、やがて目の前がひらけ、畑や野原の間を道はうねうねとのびていく。人影はほとんどない。それでもところどころ人家が点在しているのが見えはじめてくる。

陽射しの明るい午後だった。

道路脇に家庭菜園ふうの庭があり、葉物や草花などが植えられている中で、草むしりをしている老女がいた。

このあたりだろうと見当をつけて、

「すみません、おたずねします」

友子が声をかけると、老女はかぶっていた手ぬぐいを取り、

「U市からきたひとかね？」

腰を伸ばしながらいきなりたずねた。

友子がうなずくと、

「昨日、不動産屋から連絡があったよ、あそこの家だ、ざっと掃除しておいたから」

と、少し離れた雑木林の方向を指す。

そこには、いくぶん古びてはいるが、こぢんまりとした平屋が一軒建っていた。門のようなものはなく、地境を示す丈の低い生垣が申し訳程度に植えられている。

「大家さんですか？」

友子は聞いた。

「そうだよ、大家といっても、あの一軒だけのさ。何年も前から貸し出しているけど、借りたいといって見にきたのは、あんたがはじめてだけど」

よく事情が飲み込めなかった。そこはかとない不安が押し寄せてくる。

「なにかいわくのある家なんですか？」

思わず声に出した。

「いわく？……あほらしい、そんなものないよ」

老女はおかしそうに笑うのだった。

春野ゆきと名乗る家主の説明によると、自分も五年ほど前にこの地に越してきたのだという。

現在、住んでいる家には土地の老夫婦が長く居て、いま貸そうとしている家にはその娘夫婦が住んでいたけれど、親たちが亡くなると、娘夫婦は近くの町に移転してしまい、二軒の家が建つ敷地ごと売りに出したのを、ゆきさんが偶然耳にし、買い取ったということである。

「壊すほど古くないし、誰かに貸そうと思ってね、不動産屋に頼んでいたんだけど、借り手がつかなかったのさ。当然だよね、こんな辺鄙なところ。で、あんた地震の被害受けたって聞いたけど、いいのかい、こんな田舎でも？　よけいなこと聞いたかね、まあ、どうでもいいさ、理由は人それぞれだから、わたしにとってはちゃんとした借り手がつきさえすればそれでいいんだから」

ゆきさんが言う。

「こちらこそ、助かります、でもこういう田舎暮らしはじめてなので、土地に馴染めるかどうか、ちょっと心配ではありますけれど」

「不便さえ覚悟ならなんとかなるものさ。わたしだってこうやって暮らしてみて、いろいろ経験したよ。いまだによそものだけどね、つまりはね、どこにいって、何年暮らしても、人間所詮エトランジェールさ」

まさか、と思った。聞き違いではなかった。ゆきさんははっきりと「エトランジェール」と言ったのだ。つまり、外国人とか異邦人とかを意味するフランス語だ。それも、エールと語尾に女性形までつけて言った。

ゆきさんが何物かと詮索する気持ちを友子は抑えた。

「家、見せてください」

代わりに言った。

「いま、鍵を渡すから、ともかく中を見て、返事はすぐにでなくてもいいよ。いわくつきの家じゃないけれど、気に入るかどうかはあんた次第だ」

ゆきさんがどんなつもりでエトランジェールと言ったのか、たまたま、よそもの、という意味のフランス語を知っていて、単にそれだけのつもりで言ったかもしれないのに、友子はその言葉を、学生時代の愛読書『異邦人』と重ね合わせてしまい、よりいっそうこの土地と、家主のゆきさんに特別なものを感じるのだった。

家は長く人が住んでいなかったせいか、中に入ると、かなりほこりっぽかったけれど、スレート瓦屋根の３ＤＫの造りで、懸念していたトイレも風呂場もモダンなユニットタイプになっている。家賃は驚くほど安かった。

友子はひととおり見終わると、即座に、

「お借りします」と言った。

「いいのかい？　家族とか誰かに相談しなくても」

家主のゆきさんの方が心配気だ。

「ええ、いいんです、彼は私にまかせるそうですから」

答えつつも、友子はなんだか運命の糸にあやつられているような気がした。

でも、いまはそう思わない。人生、時にはそういうことだってある、個人レベルにしろ、社会的レベルにしろ、千年に一度といわれる大地震に遭遇し、原子力発電所が破壊されて、収拾のつかない危険にさらされている。自分が何故、いま、この時代を生きているかなんて誰にも答えられないだろう。

そういうことを思いあわせれば、たまたま経験した日常の不思議を、自分に引き付けて過大評価するのは考えものだ。ありのままを受け入れればいい、そう思えるようになったのだが。

いつのまにかあたりには夕闇がおりている。半月が山の向こうにうす白くかかっていて、春の遅いこのあたり、庭先にはまだ菜の花が咲いている。

「菜の花畑におぼろ月夜か」

良男が縁側に腰を下ろし、持ってきた缶ビールを飲んでいる。

「なんか絵になるわねえ」友子も隣りに座る。

「風景に酔ってばかりいてはいい絵が描けない、あたりまえな風景を非凡に描く、それが芸術というものさ」

良男の真面目ぶった口調に、

「凡人にはあたりまえな風景に酔う権利が許されているのよ」

友子は憎まれ口をたたく。

「ここの暮らしになじめそうかい？」

ゆきさんが居間から声をかける。

「もうなじんでます、何年も住んでいるみたいに」

「そりゃあよかった、わたしも、釜のご飯を食べてくれる仲間が出来たというものだ」

ゆきさんはご飯があまれば冷凍にする。あまった分がなくなって、新たに炊いた時だけ友子に声をかける。といってもその時の気分次第らしく、一週間に一回の時もあれば、十日ぐらい声がかからない時もある。ご飯もおいしいが、友子はゆきさんと一緒にいるのが好きだった。

ビールを飲んでしまった良男は手もちぶさたらしく、

「おれ、明日が早いから帰るけど、友ちゃんは？」

いくぶん眠たそうな声で聞く。

「もう少しここにいる」

という友子の返事に、良男は腰をあげ、ご馳走さま、ゆきさんに向かって挨拶すると帰っていった。まだ肌寒い夜気のなか、「菜のはぁ〜なばたけぇに」と良男の歌う声が風にのってくる。

「単純で素直でさ、いい男だね」

「そう、私にはもったいないかも」

特に取柄はないけれど、良男はまわりの人間を穏やかな気分にさせる空気を発している。私みたいに、ちょっとしたことで苛立ったりしない。

気温が下がってきたので、ゆきさんが縁側のガラス戸を閉めると、あたりはとっぷり夜の気配に包み込まれる。

「ねえ、ゆきさん、ずっと気になっていることがあるのだけど、聞いてもいいかな」

「そうやって、改まられると緊張するよ」

ゆきさんは手にしていた湯のみ茶碗をお膳の上に置くと、指で鼻の頭をこすった。

「私がはじめて家を見せてもらいにきた時、ゆきさんが言った言葉だけどね、どこにいって何年暮らしても自分はエトランジェールだって言ったけど、それって何か意味があっての言葉なの？」

「ああ……」

と言ってゆきさんは、一瞬、遠い目をした。

「むかし、高校の教師をしていた頃、読んだ本の題名さ、正式にはエトランジェだけど」

「カミュの『異邦人』……」

「そう、よく知っているね、今どきの若いひとあまり読まなくなったようだけど、当時は流行でね、猫も杓子もカミュだサルトルだと、わけもわからずに騒いだもんだよ。私もそのひとりだった、もう何十年も前のことだけど、でもあれを読んだ時の印象だけはしっかりとおぼえている。カミュは自動車事故で、四十六歳の若さで死んでしまった、自殺ではないかといううわさも流れた」

「自殺だったのかしら？」

「わからないよ、パリ郊外で乗っていた車が木に激突したんだ。あれほど人間を醒めた目で追い続ければ、生きているのがいやになっても不思議じゃない、凡人にはそうも思えるけどね」

やはりゆきさんはあの時、カミュの『異邦人』を指して言ったのだ。友子は感動した。その思いをストレートに表すことが出来ない。感動を言葉にするむずかしさにとまどいながら、ゆきさんに出会えてよかった、としみじみ感じ、そして、ゆきさんの前にいると、自分がとてもうすっぺらな人間にも思えてくるのだった。

「ゆきさんのこと、いろいろ聞いていい？」

「内容にもよるね」

「すごくプライベートなこと、答えたくなかったらかまわないわ、地震で娘さん家族が生死不明かもしれないのに、どうして探そうとしないの？」

「当然の質問だけどね、そうしないのは多分、娘の意思だろうと思うからさ、無事でも無事じゃなくっても、今さら母親顔で尋ね歩くのを、いちばん嫌うのは娘だろうからと思っている」

「とても辛い話ね」

「歳は取ってみないと、引きずってきた過去の重さがわからない。いや、今でもわかっちゃいないのかもしれない」

「ご主人は？」

「死んだらしい、五年ぐらい前に」

急に押し黙った友子に、ゆきさんは言うのだった。

「まるで人生の深みをのぞいた顔をしているよ」

そして、

「むかし、馬鹿をやったのさ、教師をやっていた頃、八歳の娘と夫を置いて家を出た。田舎生まれのくせに、田舎での生活がいやになってね、職員室で男教師と冗談を言っても、うわさになるような、そんな土地柄がいやでたまらなかった。だから、同僚の男教師から言い寄られた時、熱に浮かされたように入れあげて、二人で東京に逃げたんだ」

ゆきさんは疲れたようなため息をひとつつくと言葉を切った。

「それから?……」友子の問いかけに、

「男に捨てられて、それでおしまい、それっきりあの土地にも、娘にも夫にも会っていない。あちこちで塾の教師をしたりして食いつないだ。住民票の移動やなんかで、わたしの行く先を家族は知ってたかもしれないが、もちろんなにも言ってこない」

さばさばした口調で、ゆきさんは言うのだった。

二人はしばらくそれぞれの思いの中にこもり、静かな夜の気配に包まれながら黙っていた。

やがて、

「私ね、家族というものがよくわからないの、縁が薄かったから」

友子の言葉に、

「あんたもゆりかごに揺られてばかりいたわけじゃないんだ。まあ、せいぜい彼氏を大事にすることだね」

ゆきさんが言う。

友子は小学校五年の時、病死した母親の一周忌を待ちかねたように再婚した父親をどうしても許すことが出来ないでいた。友子は一人っ子だった。新しい母親となじむことが出来ないでいる友子を避けるように、父親は仕事に没頭した。しているふりをしていたのかもしれない。

家から通学できるのに、友子は高校の時から家を離れて下宿生活をし、そのまま大学へ進んだ。父親も継母も仕送りだけはとどこおりなく続けてくれたけれど、会うのは、年にほんの数回。今、思えば自分の勝手を通してくれた父と継母に感謝すべきなのはわかっていた。サラリーマンだった父親は定年前にガンで死に、継母はひとり大阪の実家へ身を寄せている。

良男とは二年も一緒に暮らしているのに、そして良男以外の男なんか考えられないのに、友子は正式に結婚するふんぎりがつかないでいる。それは自分の生い立ちからくる、人間への不信からくる臆病かもしれないと、ひそかに思う時がある。

ひとの心ほど危ういものはない、いつの頃か友子の中にいやおうもなく根付いてしまった感情である。

「ねえ、ゆきさん、私ね、自分の中のどこをさがしても、自分というものが見つからないのよ、からっぽなの」

「そう言いたがる人間は、自分の根っこぐらいにはたどり着いているものさ」

「私ね、今まで毎日をなんとなくやってきた。時々、不安でどうしていいかわからなくなるけれど、その不安から極力目をそらして、毎日をやり過ごしていた。実際、外見にはなんの問題もなく過ぎていったわ、仕事を普通にこなし、良男ともまあまあの関係で暮らし、それが平和な人生なんだって思い込もうとしていた……」

「でも、そうじゃないと、気づいたわけだ」

「あの日……、自分の立っている場所が突然、大きく揺れて、家が傾き、地割れがして、泥水があふれてきて、道路が裂けた。電気も電話も駄目。あわてて車庫に飛び込み、車のテレビをつけた。そこにはこの世のものと思えない光景が次から次へと写し出されている。恐ろしさにふるえながら、私、唐突に思ったのよ。私はにせもの人間なんだって、ずっとうその自分を生きてきたって。何故そう感じたか説明するのは難しいけれど」

「説明なんかいらないさ、そう感じたのだから。私にはそう思えるよ」

「よかった……」

友子は深いため息をついた。

ガラス戸越しに見えるのは深い闇だった。山の稜線が幾重にも黒々とした影になってそびえている。

「彼氏、明日、早いんだろう。そろそろ帰っておやりよ」

「ええ、そうします」

おやすみなさい、と言って友子は立ち上がった。

戸外には人影もなく、月明かりが白々と夜道を、淡く不透明にどこまでも照らし、道の彼方には小さく灯のともる我が家が見えている。

一つの読み方――花島真樹子小説集『忘れられた部屋』に寄せて

勝又　浩

私の知るこの五年間ほどの範囲で、著者は数にして十四、五編の作品を発表しているが、それらのなかから六編が選ばれてこの一冊となった。最新作を冒頭に、一番旧作を結末に据えているが、すべてが逆進行の執筆順というわけではない。そうした配列も著者自身の編集に拠っている。今度それに従って読みなおすうちに、ここには、発表の度に個々ばらばらに読んでいたときには気付かなかった明瞭な流れがあり、六編はそれとして一つの世界を作り上げている事実に気が付いた。私はそれに驚くとともに、しかしまた改めて納得するところもあったので、ここにはそのことを記しておきたい。

読んだ人はお分かりだと思うが、著者はいわゆる私小説を書く作者ではない。これらの作品は、体験の反映はあるにしても、基本的にはフィクションであり、作られたお話だと読める。しかし、にもかかわらず六編を並べてみると、まるで初めからそう設計されていたかのように、現代――戦中戦後を生きる一人の女性の生の軌跡が浮かび上がって来て、まずそこがまことに興味深い。それぞれの主人公は名前も境遇も違うのに、にもかかわらず一つながりの物語として読めるのだ。思うに、著者はフィクションを書くけれど、その根底においては私小説作家にも通じた文学的人生派だから、なのだろうと私は理解した。

しかし話が少し先走りすぎたかもしれない。私が、この六編が一つの流れと世界を持っているというのは、次のような意味である。

まず冒頭の「赤いドレスの女」――主人公は十一歳と九歳の二人の娘を持つ主婦だが、白血病のために余命を宣告された夫のところへ、彼が学生時代に親しくしていた女性が大胆に立ち現れるようになって、複雑な思いをしている。「女」はもと演劇部で声優志望、派手な結婚離婚歴のある女性だが、そういう奔放なところに夫は惹かれ、その後も付き合いが続いていたらしいことが明らかになってくる。

こうした状況のなかで主人公は当然、主婦として夫に裏切られたという感情や、二人の関係への嫉妬にも悩まされる。そのせり上がってゆく感情の極点が最後の場面だろう。夫は今夜が最期という覚悟で病室に泊まり込んでいる深夜、いつの間にか彼女が現れて、まるでそこに妻などいないかのような振る舞いだ。主人公は耐えかねてナースセンターに訴えるが、戻ってみると誰もいない。看護師に「奥さん、お疲れなんですよ」と言われてしまうが、後で気が付けば女の「赤いドレス」に使われていたスパンコールの一粒がドアの下に落ちていた、という結末である。女の襲来は主人公の妄想でも幻覚でもなく、事実だったと判明したわけだ。なかなか鮮やかな結末だ。一粒のスパンコールがよく効いている。この女が普通の主婦には縁遠い何か華やかな仕事についているのだと想像もさせる。

しかし、今度読み直してみて、このスパンコールは無くてもよかったのではないかと、ふと思った。言い換えると、女が来たのは事実なのか、それとも主人公の幻覚だったのか、どちらとも読めるくらいのところで終わった方が作品の含みが大きくなったろうと思ったのだ。というのは、主人公の嫉妬の感情は単に夫と女の男女関係にというだけではなく、実は自分とは全然違った生き方をしている女そのものへのコンプレックスと、そんな彼女を支援してさえいるらしい夫と、その二つが分かちがたく交差していたのだろうと読めるからだ。

そんなふうに思うのは、この主婦自身もかつては舞台女優志望であったとされていて、若いころ夫から聞いた女の奔放な振る舞いに、「容子は何故か京子という女性に憧れめいた関心を抱いた」ともあるからだ。そしてそんなふうに読んでみれば、この主婦のかつての夢のあとを語って見せているのが、続く二つ目の小説「湖畔の町への旅」だと読めてくる。

こちらは、今は老後の一人暮らしを楽しむらしい女主人公が、外国暮らしをする女友達に会いに行く話だが、この再開は二度目だとして、その一度目のときの事情が、「赤いドレスの女」事件のときの状況とぴったり符号している。夫の死んだ後、彼女を慰めてスイスに呼んでくれた友達との再会というわけだ。今回の旅行でも三人の女性が再会するが、彼女らはかつて日本のダンシングチームとして共に一年間ムーランルージュに出演した仲だった。そのときのチームのなかの二人がフランス人と結婚して現地に残り、そのままフランスとスイスに住み着いている。敗戦後のまだ外国への観光旅行などなかった時代のことだとされている。

こうした経過をたどりながら見えてくるのは、この三人の女性たちが若いころに持った西洋への強い憧れである。そんな痕跡が、「私たち日本人も宿命的に田舎者であり、おのぼりさんかもしれない」という主人公の呟きからもうかがえる。その「田舎者」から脱出したくて二人の友人は西洋人と結婚し西洋に住むまでになった。女主人公はそこまで徹しきれなかったが、そのために淡い敗北感のようなものを引きずることにもなった。だが、それから三〇年余経った今はどうだろうか。西洋に留まった二人は離婚したり別居したり、子育てのために分の悪い仕事も我慢しなければならなかったりと、一通りでない苦労が現在も続いている。

一方、日本で平凡な結婚をした主人公はどうか。夫に早く死なれはしたが、今は望めばいつでもこうして西洋にも来られ、その文化も何のコンプレックスもなく享受できる。そういう〝経済大国〟の民として一応は豊かに暮らしている。豪華ホテルのバスにつかりながら、だから主人公はこんなふうに呟いている。

……湯気をいっぱい吸い込んでいると、いつしかおのぼりさんコンプレックスも消えていく。よし、今夜はとっておきの日本製ブランドに身をかため、じゃらじゃらのネックレスや金ぴかのイヤリングでドレスアップといこう。

女性にはこういう裏技があるのだ、と男たちを唸らせる場面だ。

私がこんなふうに読むのは、後に続く二編「七年後」と「山里にて」があるからだ。前者は、小学生のときの疎開先で仲のよかった在日朝鮮人の同級生に高校生になった戦後偶然会って、彼女が娼婦になっていたことを知る話。これは、疎開中に母親に死なれている主人公にしてみれば、場合によっては自分自身と入れ替わっていてもおかしくない境遇であった。次の「山里にて」で、同じ主人公「いずみ」は生母の死を見送っている。この、十一、二歳で生母と死別するという設定はここに収めた六作品の主人公すべてに共通しているところも興味深い。幼くして母を亡くしたとは、精神的文化的拠り所を失ったまま成人したという意味であるだろう。六人の主人公たちはみな、根本のところでアイデンティティーの未形成者、そして探索者なのだ。

話は戻って、六作品の真ん中に置かれた、いくぶん少女小説風な一編「忘れられた部屋」——ちなみに言えば、作者には他にも、私の憶えている限りでも、「夢にきませ」「もう合鍵はいらない」など少女小説風な作品がかなりあって、そのあたりに作者のもう一つの本領があるのかもしれない。次にはこれらの物語系の作品を集めた一冊が期待できるだろう。

余談は措いて、この一編は、私がここに辿って見せた全体の流れとは異質、関係がないように見える。日本の女性がフランスの没落貴族の生き残りと結婚したり、曰くつきの大きな宝石を貰ったり、廃墟化したお城の地下室に閉じ込められたりと、まるで久生十蘭の描く世界のようだ。しかし、私から見ればこれは「七年後」の別バージョンである。「七年後」の、あの少女「江川良子」のその後の展開だと見てもよいのである。この物語の結末は、これが実際にあった話なのか、それとも孫娘が言うように一老婆の妄想に過ぎないのか、事実は不明なままに終わっている。それは見方を替えれば、この六編の小説のどの主人公の抱いた夢想であったとしても少しも違和感はない、という事実に繋がっている。この一冊の表題作に採られたゆえんであるだろう。

しかし、では何故、彼女は殺されかけたのか、秘密の地下室に葬られかけたのか。そこを私はこんなふうに読んだ。

たとえば、「湖畔の街への旅」にはこういう一節がある。

ヨーロッパではね、気弱でいい人というのは病気なのよ。

と、フランス人と結婚、別れて今は別の男と暮らしているヨーコは言っている。言語、文化の違う外国で生きるということは生易しいことではない。それは、日本で育てた自我を棄てたり、改造したりと、自分をつくり替えて生きることでもあるだろう。外国に長く住むレイコもヨーコも、彼女たちはみな、古いお城の隠し部屋に、日本で育てて来た自我を閉じ込め、封殺して生きているのだ。そして、そういう彼女たちを見て、「私はずっと昔から彼女たちの生き方にも、競争にも参加しない傍観者だった」と、今の主人公は呟いている。現在そういう心境にいる主人公が紡ぎ出した一つの夢、それが「忘れられた部屋」なのだ。西洋への憧れから幸にも彼女は〝生還〟したのだ。

そうして最後の作品「村暮らし」である。ここでの主人公は「地震でなにかが変わってしまった」と感じているような三十代半ばの女性だ。作品以前、まずはこのことに共感する読者も多いだろう。まことに、二〇年前の阪神淡路大震災のときはまだ、これは文明の力で乗り越えなければいけない、乗り越えられるはずだという気持があったが、津波と原発事故とが一緒に来た東日本大震災は、文明そのものの危うさ、空しさが露顕したような気持になった。すべてが便利さ、快適さではかられている都会の生活というものの虚偽性がいっぺんに暴かれたと思わせられた。「村暮らし」の主人公は地震を機に都会の仕事を減らして田舎暮らしを選んだと言っている。いわば田園回帰だが、まず、その田園が「奥秩父」だとされているところが面白い。読者としては直前に読んでいる「七年後」と「山里にて」の舞台に重なってしまうからだ。そこは「いずみ」が母親を失った場所、学校にも行かない日の多かった不幸な記憶につながる場所のはずだ。作者は何故そんな場所を〝田園〟として選んだのか。思うに、「いずみ」が初めて物心ついた場所、社会というものを知り、自我にも目覚めた場所——作者は自己のなかのそういうトポスに新しい主人公を置いてみる必要があったのだろう。そうして、「ねえ、ゆきさん、私ね、自分のなかのどこをさがしても、自分というものが見つからないのよ、からっぽなのよ」と言わせたかったのだ。都会を棄てて田園には来たものの、さて、では自分は何がしたいというのか。ここでの主人公はそういう「自分」を抱えた人物である。「山里にて」のいずみは「女工哀史」を読んでいるような早熟な少女だったが、こちらの「友子」は大学生の頃カミュの「異邦人」に魅了されてきたような女性である。

「奥秩父」の小さな村、それは作者にとって何度でも訪ね、尋ね返すべき生の源郷なのであろう。「村暮らし」は登場人物が三人だけの、そのままますぐ芝居にできそうな作品である。小説としては多少ノイズにはなってももう少し周辺の広がりが欲しいところだが、その代わりのように、主人公が文学論など弁じている、いくぶんブッキッシュなところもある。いろいろな意味で作者の本音が率直に表れた一編だ。主人公「友子」は今見たように、これまでの生活の中心であった仕事に距離をおいてみると、改めて自分とは何なのかという疑問にぶつかっている。若いころには「異邦人」のムルソーに同化してしまうような人物、「孤独の充足感」を知ったというような、かなり観念的、文学的な女性である。

それに対して「良男」は、「単純で素直、いい男だね」と「ゆき」さんに言わせたような気のいい人物。これまでの作品には見られなかったキャラクターだが、彼は友子の数少ない社会との接点であるとともに、作者の、言うならば大衆社会との接点なのだろう。一週間に一度通って来る程度の男＝社会とは、羨ましいほどの理想的関係ではないか。

三人目の、家主である「春野ゆき」の役割は実はよく分からない。目下は友子の内心の反射板、友子の抱えた問題を引き出し、ほぐす狂言廻し役にしか見えないが、大胆に言ってみれば現代の女隠者なのかもしれない。そうだとすれば、これから友子が苦労の末に行き着こうとする境地を暗示しているのであろう。この一編はこの一冊の出発点であるとともに到達点でもあるのかもしれない。

とすれば、こうした三人の典型人物を合わせて、作者はこれから展開しようとする文学世界の雛型、あるいは見取り図を呈示していると思われる。というのは、最後におかれたこの「村暮らし」は初めにも言ったように六編のなかでは最も早く書かれているからだ。ここを出発点として、以下この友子のアイデンティティー探索の旅の物語、その結果がこの五編の作品だと、そう読むのも楽しい。

〈著者紹介〉

花島　真樹子（はなしま　まきこ）

1933年東京生まれ
季刊「遠近」同人

花島真樹子小説集
忘れられた部屋

定価（本体1500円+税）

乱丁・落丁はお取り替えします。

2017年 3月 1日初版第1刷印刷
2017年 3月 7日初版第1刷発行
著　者　花島真樹子
発行者　百瀬精一
発行所　鳥影社 (www.choeisha.com)
〒160-0023 東京都新宿区西新宿3-5-12トーカン新宿7F
電話 03(5948)6470, FAX 03(5948)6471
〒392-0012 長野県諏訪市四賀229-1(本社・編集室)
電話 0266(53)2903, FAX 0266(58)6771
印刷・製本　モリモト印刷・高地製本

ISBN978-4-86265-605-6 C0093